新・若さま同心　徳川竜之助【六】

乳児の星

風野真知雄

双葉文庫

目次

乳児の星　新・若さま同心　徳川竜之助

序章　猫の赤ちゃん

一

「行ってくるぜ」

そう言って門から出た途端である。徳川竜之助《とくがわりゅうのすけ》――いや、福川《ふくがわ》竜之助は、くるりと振り返って、

「やよい。忘れ物だ」

と、笑った。白い歯が朝陽に当たって光る。

「なんです？」

「奉行所から持ち帰った捕物帳」

昨夜、寝床で遅くまで読んでいた。

明日は大晦日《おおみそか》である。正月に多い悪事はなんなのか。その傾向を研究しておき、町廻りのときの参考にしようと思ったのだ。そうすれば、起きる悪事を未然に防げるかもしれないではないか。

悪いことなんかしても、結局、得はしない。だから、そんなことはしないで正月を乗り切れるように、悪事の芽は先に摘むことも大事なはずである。

そう思って、この数日、過去の正月の捕物帳を借りてきては、読みふけっていた。

「枕元ですね」

やよいはすぐに奥へ引き返した。

門のところで待っていると、

——ん？

数軒先の道端で、十歳くらいの女の子が泣いているのが見えた。声は聞こえないが、両手で顔をふさぎ、肩が震えている。

女の子の家は、同心が自分の敷地の一部に建てて町人に貸している家である。

「ありました、竜之助さま」

と、すぐにやよいが持ってきた。

「うん」

「どうしました？」

「ほら」

と、竜之助は顎をしゃくった。

「あら、おにぎり屋のおゆきちゃん」

「なんで泣いてるのかな？」

「あ、まさか」

やよいまで泣きそうな顔になった。

「なんだい？」

「猫の赤ちゃんが産まれたんですよ」

「あ、それで昨夜帰って来たとき、どこかでみゅうみゅう聞こえたのか」

「たぶん、一匹死んじゃったりしたのでは？」

「なるほど」

生きものの赤ちゃんは、産まれてすぐ死んでしまうことが多いらしい。いや、人の赤ちゃんも同じである。この世の厳しさは、息をするとともに始まるのだ。あんな可愛い赤ちゃんたちにも、苦難は訪れるのだ。

「あ、やだ、可哀そう。色違いで四匹産まれたんです。どの子もすっごく可愛かったんです。竜之助さまがよければ、一匹もらいたいって思っていたんです」

「そうだったのか。じゃあ、手を合わせてから行こう」

二人が近づくと、おゆきはこっちを見た。

「仔猫、死んじゃったの？」

やよいは恐る恐る訊《き》いた。

「違うんです。いなくなったんです」

「いなくなった？」

「ええ。四匹」

「四匹ぜんぶ？」

訊きながら、やよいは家のわきにしゃがんだ。竜之助もその後ろからのぞき込む。

猫たちは家の中でなく、縁の下にいたのである。

「ここでお産もしたのかい？」

竜之助が訊いた。

「はい。毛が飛ぶから、猫は家に入れちゃ駄目って言われていたから」

おゆきの家はおにぎり屋をしている。店はここではなく、つくったものを京《きよう》橋川《ばしがわ》に架かる三年橋《さんねんばし》のたもとの出店で売っている。朝、飯を炊く暇のないお店者《たなもの》などがけっこう買っていくらしい。

竜之助も何度か買って食べたことがある。海苔《のり》で巻いてあったり、かつおぶしがまぶしてあったり、家でつくるおにぎりとは一味違って、なかなかおいしかった。

そういう商売だから、たしかに猫の毛が入ったりするのはまずいし、家の中で飼わせてもらえないのもわかる気はする。

「だから、寒くないようにしていたんだけど……」

おゆきは猫たちが寒くないように、気を使っていた。苗床にするような箱がねぐらになっているが、雨はもちろん、風もじかに当たらないようわきに板を置いたり、下には藁《わら》とぼろ布がたっぷり敷いてあった。

その箱の中で親猫が不安そうにしている。耳を立て、仔猫の声を探しているみたいでもある。

「いつ、いなくなったんだい？」

と、竜之助が訊いた。

「たぶん夜明けごろだと思います」

竜之助は何度も見たことがあるが、朝は家族三人で出店をつくりに行くのだ。板などを組み合わせて、かんたんな屋台をつくるのだが、それらの板のほかに、つくったおにぎりも持って行くので、あるじ一人では持ち切れないのだ。おゆきは背中に大きな風呂敷包みを背負っていた。

「さっき、あたしがもどって来たら、いなくなっていました。でも、その前からたぶんいなかった気がします」

「思い当たるやつでもいるのかい?」

「おとっつぁんが捨てたんです」

「え」

竜之助が驚いたちょうどそのとき、その父親が急ぎ足で帰って来た。向こうにはおかみさんだけが残っているのだろう。

「おとっつぁん。仔猫、捨てたでしょ!」

おゆきは目を合わさず、親猫のほうを見ながら言った。

「なに言ってるんだ?」

「いないよ。四匹とも。どこに捨てたの?」

「馬鹿言うんじゃねえ。なんでそんなことを」

「でも、産まれたら捨ててくるって言ってたじゃない！」

「言ったけど、おめえが可愛がっているのを見たら、そんなことできなくなったよ」

娘の剣幕にたじたじとなったように言った。嘘を言っているふうには見えない。

「じゃあ、誰が？」

「知るもんか」

おゆきはわっと声を上げ、うずくまって泣いた。

おかしなことがあったものである。わざわざ猫を四匹も盗んでいくというのは、どういうことだろう？

「ふつうの猫だよね」

と、竜之助はおゆきに訊いた。

「ふつうのって？」

「近ごろ、横浜に異国の猫が入っているらしいんだ。そういう猫とかけあわせでできた珍しい猫ってことは？」

だとすると、悪いやつが売り物にしようと持って行ったというのも考えられる。

「そんなんじゃないと思います。どこでも見るけど、すごく可愛い猫」

おゆきがそう言うと、

「そうだよね」

と、やよいもうなずいた。

「見つけてあげるよ、おゆきちゃん」

竜之助は思わずそう言った。

言ったあとで、すぐに不安になった。見たこともない仔猫たちを探すのは、けっこう大変なのではないか。

おゆきの顔が輝いた。

「ほんとですか」

こんな顔をされたら、なんとしても見つけてあげないといけない。

と、そこへ——。

岡っ引きの文治《ぶんじ》がやって来た。文治はいつも朝が早いが、竜之助の役宅までやって来るのは珍しい。

「どうしたい、文治？」

「福川さま。矢崎《やざき》さまたちが早く来てくれと」

今朝はちょっとのんびりし過ぎたのか。

「なにかあったのか？」

竜之助が訊くと、文治は心配そうに眉をひそめ、

「赤ん坊が何人もいなくなっているんです」

と、言った。

二

いかにもひ弱そうな若者だった。

それが、出かけようとしていた佐渡屋《さどや》の前に現われて、

「用心棒に雇いませんか？」

と言ってきたときは、思わず、

「大丈夫か？」

と聞き返したものだった。

「もちろん大丈夫です。わたしを雇えば、必ずや雇ってよかったと思うはずで

す。あなたは命を狙われているでしょう？」

「誰に訊いた？」

佐渡屋の顔が強張った。まさにそのとおりだったからである。

「誰というわけではありません。いま、金貸しの世界は、世の中の乱れにともなって、生き残りを賭けた争いになっていますね。そんなときは、必ず人殺しを雇うような者が現われるのが常なんです」

「ほう」

「それで、わたしはこうして自分を高く売り込んでいるわけです」

「なるほど」

「あなたはお内儀さんと大事な長男を、火事で失くした。どうやら、付け火らしいじゃないですか」

「きさま……」

この男の言うとおり、店の離れから火が出て、女房と嫡男が煙に巻かれて死んでしまった。

火元は二階。それも窓の近くだった。

そんなところから火が出るわけがなかった。

つまり、付け火である。

付け火となれば、やったやつもすぐに推測できた。

商売敵の満須屋《ますや》。あいつ以外に考えられなかった。

だが、そのことを知っているこの男は何者なのか？

「わたしを疑わないでください」

「では、なんでそのことを知っている？」

「金貸しのもめごとを探ったからですよ。わたしの技がいちばん高く売れるところを探していましたのでね」

「お前の技だと？」

佐渡屋は目の前の若者を、頭からつま先まで見た。

背丈は佐渡屋よりも低いし、ひょろひょろに痩せている。

ただ、刀を一本、落とし差しにしている。

「武芸者には見えないがな」

「ええ、武芸者ではありません」

「その刀は飾りかい？」

佐渡屋は笑いながら訊いた。

「いいえ、これで戦うのです」

「……」

いつもの佐渡屋なら、用心棒替わりにもなる手代を呼び、叩き出させたことだろう。

だが、満須屋へ仕返しするため、殺し屋のような男を捜していたところでもある。

「見せてもらえるかね、その技とやらを？」

「もちろんです。ただ、ここでは」

佐渡屋の店先だし、人の往来が盛んな通り沿いでもある。

「ふむ。それでは、裏庭にでも回っておくれ」

と、佐渡屋はこの若者を裏庭に案内した。

見物するのは佐渡屋と、手代が三人——いずれも喧嘩慣れしたような、体格のいい男たちである。

「誰か相手をするのかい？」

佐渡屋は訊いた。

「いえ、相手をした瞬間、その人は命を失いますから」

若者がそう言うと、

「へえ」

「そりゃあ凄《すご》いね」

と、手代たちは軽蔑するように笑った。

ところが次の瞬間――。

「これは……」

佐渡屋と手代たちは、目の前で起きたことに言葉を失った。

若者は微笑《ほほえ》み、自信たっぷりに言った。

「どんな剣豪でも、わたしには勝てませんよ」

第一章　四人の赤ちゃん

一

呼びに来た文治とともに、竜之助は南町奉行所ではなく、浜町堀《はまちょうぼり》に近い武士の家にやって来た。

「町人の赤ちゃんだけではないのか？」

「はい。武家の赤ちゃんもいるそうです」

文治もよく知らないまま、竜之助を呼んでこいと言われたのだ。

「あ、あの家みたいですね」

文治が指差したあたりに、人だかりがあった。

門のところに先輩の矢崎三五郎《さんごろう》がいた。

「おう、来たか？」

「遅くなりました」

「日本橋北のあちこちで、赤ん坊が四人さらわれた」

「四人も？」

「もっといるかもしれねえ」

「いつですか？」

「全員、昨夜から今朝にかけてだ。こちらの赤ん坊は、生まれてからまだ十日しか経っていねえ」

「そんな小さな……」

「いつも母親といっしょに寝ているが、夜中に母親が厠《かわや》に立った隙に連れ去られたらしい」

「そんなことができたんですか？」

「縁の下から忍び込み、台所の床板を外して出てきたらしい」

「鉢合わせには？」

「ならなかった。もちろん、すぐに気づいて騒いだが、曲者《くせもの》はすばやく逃げ去ってしまっていた」

「ちょっと見せてもらいます」

竜之助は、台所のほうにまわり、その現場を見た。なるほど台所の床下が、外の縁の下につながっていた。

「ここをよく知っている者のしわざかな?」

と、矢崎が訊いた。

「いや、垣根の向こうから、この縁の下が見えていますね。ただ、この家に赤ん坊がいると知っていないと、入っては来ないでしょう」

「となると、やっぱりこの家のことは知っているやつか?」

「どうでしょう。赤ん坊の声が聞こえていたのかもしれませんよ」

「そうか」

矢崎は悔しそうにした。それだと下手人が絞りきれない。

竜之助と矢崎が話していると、玄関口で男が喚《わめ》いていた。

「まだ、見つからぬのか。馬鹿者!」

この家の小者を足蹴にし、

「きさまがのそのそ厠になんぞ行ってたから!」

ご新造を怒った。

「なんですか、あの人は？」

竜之助は小声で矢崎に訊いた。

「ここのあるじで、棚橋主水《たなはしもんど》というやつさ。ああやってずっと怒ってるんだ。ご新造なんか可哀そうなものよ。まだ身体も回復してないだろうに」

さすが子だくさんだけあって、母親の身体のこともわかるらしい。

「隙間風にも気づかなかったのでしょう。自分の落ち度ではありませんか」

竜之助もムッとして、棚橋を睨《にら》みつけた。

だが、赤ちゃんがいなくなって、苛々《いらいら》する気持ちもわからなくはない。

「さて、どうする？　赤ん坊がいなくなったと触れ回らせて、町中の者に捜させるか？」

と、矢崎は言った。

「いや、下手人がどんなやつかわからないうちは、あまり刺激しないほうがいいのでは？　近所にひそんでいて、追い詰められたと自棄《やけ》を起こされたりしたらまずいです」

竜之助は反対した。

「そうだな」

「ほかの家も見て来てよろしいですか？」

「ああ、いいよ。おいらはもう見て来た。それぞれの家で町役人《ちょうやくにん》や岡っ引きたちが動いてくれているはずだ」

「福川さま。あっしもごいっしょします」

ほかの家の場所も聞き、駆け足でほかの三軒を回った。

まずは住吉町《すみよしちょう》の長屋に住むお店者の信次郎《しんじろう》。

その信次郎は近所を捜し歩いていて、女房が不安げに震えていた。

「うちの人は井戸で顔を洗っていました。あたしは表通りに納豆売りが来ていたので、買いに出たほんのちょっとの隙だったんです。そっちの庭から入って来て、あの子をさらって逃げてしまいました。それで、そのときは動転して気がつかなかったのですが、あの子が寝ていたところに、こんな書付が丸めて置いてありました」

女房は皺《しわ》になった紙切れを手渡した。それには、
子どもはかならず無事に返す。心配するな。

と、書いてあった。

「ほう」

竜之助はそれを懐に入れ、次に堀江町《ほりえちょう》の搗《つ》き米屋《ごめや》に向かった。

ここでは亭主が朝から米を搗き出していて、女房が台所にいた隙に連れ去られていた。杵《きね》を打つ音で、多少の物音では気づかなかったりするという。

「こんな紙は落ちてなかったかい？」

と、竜之助が訊いて、捜してもらうと見つかった。やはり丸めて、赤ちゃんが寝ていた布団の上に投げられていた。

最後は、小網町《こあみちょう》の長屋のぼて振り。

ここには、近くの番屋の番太郎が一人でいるだけだった。

「誰もいねえのかい？」

竜之助がその番太郎に訊いた。

「ここん家《ち》のやつらが変でしてね。赤ん坊のこともどこまで心配しているのか。出かけたまま、もどって来ねえんです」

「女は歩けるのか？」

「ええ。産んで半月らしいんですが、もうまったく元気で、ここで待っててもしようがねえと出て行っちまったんです」

「亭主は？」

「昨夜は帰ってなかったみたいです」

「なにしてるんだ？」

「ぼて振りとは言ってますが、まずろくなもんじゃねえ。あっしはバクチ打ちと睨んでますがね」

「なん刻《どき》くらいにさらわれたんだろうな？」

「だいぶ陽が上がってからみたいです。子どもを寝かせたまま、女が朝湯に行っているあいだのことでしたから」

「呆《あき》れたな」

布団の上に丸めた紙切れが見えた。拾うとやっぱり例の書付だった。

「じゃあ、また来るぜ」

と、引き上げることにした。

とりあえず、ぜんぶ回った。まだ、どこの家でも見つかっていない。

「これでぜんぶか？」

と、竜之助は文治に訊いた。

「ええ」

「ほとんど近所同士だよな」

「町名はばらばらですが、どこも日本橋北の中にあり、いちばん離れているところでも五町（約五四五メートル）ほどだと思います」

「だが、かどわかして回った順は浜町河岸のほうが先だ。住吉町と堀江町はほぼ同じころじゃないかな。それで最後が小網町だ」

「そうですね」

「ということは、この下手人の住まいも、江戸の北や西ではなく、東や南側じゃねえかな。それか、小網町の近くだ。わざわざ見つかりやすいほうに、赤ちゃんを抱えてもどったりはしねえもの」

「なるほど」

「しかも、住吉町と堀江町がほぼ同じ刻限にさらわれたってことは、下手人は一人や二人じゃねえ。少なくとも四、五人くらいはいる」

「へえ」

「その四、五人には女も何人かいる」

「女も？」

「男が赤ちゃんを抱いてたら目立つが、女ならなんとも思わねえ」

「たしかに。さすがに福川さまだ。ざっと回っただけで、ずいぶんいろんなことがわかっちまいました」

「そんなことはない。肝心なことは、まだなにもわかっちゃいねえよ」

「でも、矢崎さまたちは、そういうこともおっしゃっていませんでしたぜ」

文治はそう言って、惚れ惚れしたように竜之助を見た。

もう一度、浜町河岸近くの棚橋の家にもどる途中、

「ん？」

竜之助は足を止めた。

「どうしました？」

「赤ん坊の泣き声がした」

「あ、あそこですね。ちょっと訊いてみましょう」

一軒家で、窓の障子の向こうから聞こえていた。

文治は窓の下から声をかけた。

「町方の者だ。ちっとごめんよ」

障子が開き、赤ちゃんを抱いた若い女が顔を見せた。まだ、かなり若い。泣き

じゃくる赤ちゃんを抱きながら、あやしているところだったらしい。

「なんです？」

「男の子かい？」

「そうですよ」

「ほんとにあんたの子どもかい？」

「なに言うんですか」

と、女はムッとした。

「近くで何人も赤ん坊がさらわれてるんだよ」

「まあ。あたしが産んでなかったら、こんなふうにお乳も出ませんよ」

女はそう言って、すこしだけ胸のところをはだけさせた。それだけでも豊かな胸だというのがわかった。

「そうだな」

文治は苦笑した。

竜之助は軒下を見ていた。おむつもたくさん干してある。さらってきたばかりで、こんなにおむつを洗ったりはしない。

「気をつけてくれよ」

「わかりました」

歩きながら、

「近所にも赤ちゃんがいるのに、さらわれていなかったりするんだな」

と、竜之助は言った。

「そうですね」

「赤ちゃんなら誰でもいいというわけではないんだろうな」

棚橋の家にもどって来た。

「矢崎さんは？」

「ほかでもこうしたことが起きているかもしれないというので、奉行所にたしかめに行きました」

「なるほど」

棚橋の声がした。まだ騒いでいるらしい。

「ごめん」

と、竜之助が声をかけた。

「なんだ？」

「このところ、なにか恨みを買うようなことは？」

竜之助が訊くと、棚橋はムッとしたような顔をして、

「そんなことはどうでもいいから、早く捜せ」

「捜していますが、おそらく闇雲に捜しても、見つかりませんよ」

「恨みを買ってるかどうかなど、当人がわかるか。恨んでいるやつに訊け」

さぞやいっぱいいて、ぜんぶ聞いている暇はなさそうである。

「当家の跡継ぎだぞ！」

棚橋は怒鳴った。

「皆、それぞれ大事な子です！」

竜之助は怒鳴り返した。

「うっ」

竜之助の視線に棚橋はたじろいだ。

「ほかの家にはこのような書付があったのですが？」

竜之助は、懐から紙を出し、近くにいたご新造のほうに訊いた。

「あ、ありました。さっき見つけました」

ご新造が帯のあいだから取り出した。

「拝見」

子どもはかならず無事にお返しします。ご心配なさらず。

「文治。言葉使いが違うな」

「え？」

「こっちは丁寧に書いてある。下手人たちは町人だな」

二

矢崎は、竜之助に小網町の番屋で待つよう、言い置いて行ったという。

竜之助と文治は、小網町に向かった。

番屋は建て替えたばかりらしく、まだ木の匂いがした。中も広い。

入るとすぐ、

「しまった」

と、竜之助は顔をしかめた。

「どうしました？」

「赤ちゃんたちはもう名前もついてるよな？」

「お七夜《しちや》は過ぎてますしね。知りたいですか？」

「ああ。なにかの手がかりになるかもしれねえ」

「あっしがひとっ走りして聞いてきますよ」

「だったら、ついでに赤ちゃんの特徴も訊いてきてくれ」

「特徴ですか？」

「うん。顔立ちとか、あるいはどこかに黒子《ほくろ》があるとか」

「なるほど。ほかには？」

「すでに聞いてあるだろうが、父親の評判なんかもわかっていたら聞いといてくれ」

「わかりました」

文治は飛び出して行った。

番屋の前は日本橋川が流れている。お城の濠《ほり》から大川までつづく川である。

対岸は茅場町《かやばちょう》の河岸で、その裏手が与力同心の役宅が並ぶ、いわゆる八丁堀になっている。竜之助の役宅があるあたりで、カラスが飛びまわっているのが見えた。

さらに眺めていると、

——あれ？

やよいらしき女の姿が見えた。町家の路地とか家の下などをのぞいている。どうやら猫を探し回っているらしい。

ここから大声を上げれば、対岸にも聞こえるだろうが、それで猫のことを訊くのも差し障りがある。なにせ人の赤ちゃんを探しているときなのだ。

それから急いで湊橋《みなとばし》のほうへ向かい、川を越えてやよいのところに行った。

「おい、やよい」

「あら、若さま」

「まだ見つからないのか？」

「まだです。あたしもなぜ仔猫を盗んだりしたか、考えながら捜しているのですが」

「それはたいしたもんだ」

男であれば、ぜひ町方の同心にしたい。

「同じ歳くらいの子どもが、羨《うらや》ましくて持って行ったのかなって」

「ああ、なるほど」

それはありそうである。

「子どもに訊いたりしながら捜してます。でも、あのあたりはしょせん武家地ですので、町人の子どもは少ないんです」

「武家の子どものしわざかもしれないぞ」

「武家の家の母親は、町人の家より暇ですから、子どものすることを見ていますよ。ましてや、八丁堀ですよ」

やよいの見る目はたしかなものである。八丁堀の子どもたちは、ほかの子どもより厳しくしつけられている。竜之助からすると、もうちょっとのびのび育ててもいいのにと思うくらいである。

「それでこっちまで来たのか」

「はい。でも、子どもにも訊いてますが、逆にここらは野良猫なんかいっぱいいますから、子どももわざわざあっちから持って来るかなって思いました」

「たしかにそうだな」

「対岸からこっちを見て思ったんだけど、ここらはカラスが多いな」

と、竜之助の役宅の屋根あたりを指差した。

いまも、大きなカラスたちがかあかあ喚いている。

「まさか、カラスが？」

やよいは怯《おび》えた顔をした。

「いや、一匹ずつならともかく、四匹いっぺんには持っていけねえだろう」

「でも、板の囲いの上から仔猫を突っついたり、つまみ出すくらいはできるかもしれませんね。なにせカラスは賢い鳥ですから」

「猫の毛が飛び散っていたりは？」

「それはなかったです」

「だったら、違うと思うな」

そうした惨劇があれば、なんらかの痕跡《こんせき》は残るはずである。

「すると、悪戯《いたずら》、嫌がらせも考えなくちゃなりませんね」

「おにぎり屋を恨んでいるやつがいるかな。しかも、仔猫をさらうなんて嫌がらせがあるかな？」

「女ならあるかもしれません」

「ははあ」

女はやさしいだけではない。男にはあまり見られない、隠微《いんび》な意地悪さを持っていたりする。

女のやよいがそう言うと、その推測に真実味が増した。

「とにかく、この一帯の縁の下は見て回ります」

「悪いな」

「あ、赤ちゃんはどうなりました？」

「それがまだ見つかっちゃいねえのさ」

「まあ、何人もいなくなったんでしょう？」

「ああ。一晩に四人も」

「四人？」

やよいは首をかしげて変な顔をした。

「どうした？」

「人の赤ちゃんも四人。猫も四匹。これって関係ないですよね？」

「え？」

そんなこと考えもしなかった。

だが、言われてみると、気になる。

「寒くなってきましたね」

やよいは肩をすぼめるようにした。

「ああ、心配だよ。赤ちゃんをひどい目に遭《あ》わせないという書付はあったんだが、なんせ産まれたばかりの赤ちゃんたちだしな」

「一刻も早くもどしてあげないといけませんね」

やよいはそう言って、茅場町の路地に入って行った。


竜之助は番屋にもどって、四人の赤ちゃんの共通点を考えてみることにした。

そうしないと、赤ちゃんはなんのためにさらわれているのかがわからないし、そこがわからなければ行く先を探すのも難しい。

まず、四人とも男の子だった。

さらに、いずれも産まれたばかりの赤ちゃんだった。いちばん年上がたしか二十日ほど前に産まれた赤ちゃんだったのではないか。

——あとはなにがあったか？

赤ちゃんがさらわれた家を、番太郎にここらの切絵図を出してもらい、目印の星を描いてたしかめた。

どこも日本橋北界隈《かいわい》である。大川は越えていない。

「ここと、ここと……」

四つの家を線で結んだり、囲むようにもしてみた。

だが、平べったい角形ができるだけで、あまり場所の意味はないのではないか。

それでわざわざ赤ちゃんをさらうというのも変である。

「ううむ」

思わず唸《うな》った。なにか法則があるようには思えない。

「お待たせしました」

文治がもどって来た。

「おう、どうだった？」

「まず、名前から申し上げます」

「うん、ちょっと待ってくれ。書き出しておこう」

筆と紙を準備して、名前を聞いた。

「棚橋家の赤ん坊は、丈太郎《じようたろう》と言います」

「うん、丈太郎」

「搗き米屋は、稲吉《いねきち》です」

「住吉町のお店者のところは円太《えんた》と言います」

「なるほど」

「円太」

「それで、呆れたことに、小網町の赤ん坊は、まだ名前がついてないんですよ」

「お七夜は？」

「過ぎています。誰かにやるつもりだったから、うちでは名前はつけずにいたんだそうです」

「誰かにってなんだよ」

たしかに呆れた話である。

名前がついていない赤ん坊もいるくらいだから、名前についてはとくになにかあるとは思えない。

「赤ちゃんの特徴はどうだった？」

「なんせ産まれたばかりですからね。まだ、目鼻立ちもはっきりしないので、特徴も言いにくそうでした」

「そうだろうな」

「黒子などもとくになかったそうです」

「そうか」

「いちおう産着《うぶぎ》の柄は聞いてきましたが、着替えさせられたら特徴にはなりませんね」

「そうだな」

とうなずいたが、いちおうそれも記した。

「父親の評判はどうだった？　恨みを買っているようなことは？」

「ええ、それはいちばん気になるところですので、あのあたりの連中もずいぶん聞き込んでいるようです。ただ、搗き米屋とお店者については、とくに恨まれるような話は出てきていないそうです。ただ、お武家のほうはああいう人ですので、叱られた人が恨みを持つこともあるみたいです」

「あるだろうな」

「いっぱい出てきそうですが、とりあえずまだこれといったのはないみたいです」

「ぼて振りは？」

「まだもどっていないんです」

「女房は？」

「近くにはいるんですが、赤ん坊がもどらないんだったら、家にいてもしょうがないって、甘味屋でだらだらくっちゃべっていやがるんで。あれは、馬鹿ですね。近ごろ、あの手の馬鹿が増えているんです」

文治はうんざりした顔をした。

「妙なことを訊くが、猫のことでなにかなかったかい？」

「猫ですか？」

「うん。じつは、おいらの家の近所で仔猫が四匹いなくなった。もしかして、赤ちゃんのおもちゃのつもりかなと思ったりしたんだ」

「はあ。おもちゃにはまだ早いし、仔猫ってのもねえ」

「それはないか」

「ないでしょう」

「もしかして、仔猫と赤ちゃんをいっしょに育てると、丈夫に育つなんて話もないかな？」

「いやあ、そんな話は聞いたことありませんねえ」

文治も途方に暮れたような顔をした。

三

矢崎が奉行所からもどって来た。

「どうでした、ほかにもありましたか？」

と、竜之助が訊いた。

「いや、ここらだけだな。あとは、赤ん坊がいなくなったなんて話は一件もきていねえ」

「そうですか」

「誰も見つかっていねえのか？」

矢崎はなじるように訊いた。

「まだです」

「ここらあたりでしかいなくなっていないということは、下手人も赤ん坊たちも、ここらにいるんだ。福川、徹底して捜せ」

竜之助と文治は、追い立てられるように出た。

川風が大川のほうから流れてきているらしく、外へ出た途端、身体が震えた。番屋の中はずいぶん暖かったのだ。

「福川さま、どっちに行きましょう?」

「ここらあたりと言われても、むやみに歩いても見つかるかなあ」

「あっしもそう思います」

「でも、おそらくいまは、四人の赤ちゃんをいっしょにしているだろうな」

「あ、そうでしょうね」

「複数の赤ちゃんが泣いているのが聞こえたら怪しいわな」

「なるほど」

竜之助と文治は、ふた手に分かれ、耳を澄ませながら日本橋南あたりの裏道を歩いてみることにした。

表通りは門松だらけだが、裏道のほうは正月の用意は見当たらない。ただ、いまごろ餅つきをしているらしい家も何軒かあった。

赤ん坊の泣き声は、複数どころか、一人の声も聞こえてこない。

通《とおり》一丁目から三丁目までずっと歩き回って、また文治と大通りで行き合った。

「駄目だな」

「ええ。ここらは大店《おおだな》が多いので塀も高くしてあって、音も洩《も》れにくいかもしれませんね」

そろそろ昼飯どきである。

「赤ちゃんも腹だって空くだろうにな」

「たしかに四人分の乳をどうしているんでしょう？」

「乳母《うば》でも雇っているのかな？」

竜之助も乳母にお乳をもらっていたとは聞いたことがある。

「乳母？」

文治はぴんとこないという顔である。

「乳母、知らない？」

「ええ」

そういえば、町人たちが乳母を頼むなんて話は聞いたことがない。もしかしたら、同心たちの家でもないのかもしれない。

「まだ乳の出る女を雇って、乳をもらうんだよ」

「じゃあ、その乳母は、自分の子にはどうしてるんです？」

「自分の子に？」

どうしていたのだろう。もしかして、乳母というのは田安《たやす》の家にだけあった、変わった習慣だったのだろうか。

この話はあまり突っ込まないことにして、

「だったら、牛の乳を飲ませるのかな」

と、竜之助は言った。南蛮《なんばん》では、乳の出が悪いとき、牛の乳を飲ませると聞いたことがある。

「牛の乳を？　赤ん坊に？　どうやって？」

文治はこれにも驚いた顔をした。

「口移しで飲ませるんじゃねえのか」

「なるほど」

「だが、牛の乳など手に入るかな？」

「ここらではあまり見ませんね。山羊《やぎ》を飼っているやつは一人知ってますが」

「山羊の乳っていうのはどうなんだろうな」

そういうことはさっぱりわからない。

蜂須賀《はちすか》家の、竜之助の許嫁《いいなずけ》でもある美羽《みわ》姫が、築地《つきじ》にある下屋敷で牛を飼っていたはずである。あの牛はどこから仕入れたのだろう。

それに美羽姫は、江戸中の生きものについても詳しいのだ。もしかしたら、牛のことも知っているかもしれない。

だが、文治を連れて行くわけにはいかない。なぜ、お大名の姫さまと知り合いなのかという話になってしまう。

「手分けして捜してみよう」

と、一刻（約二時間）後に小網町の番屋で待ち合わせることにして、文治と別れた。

そこから走って蜂須賀家に向かい、

「美羽姫さまにお会いしたいんだ」

すでに顔なじみになっている門番に声をかけた。

「少々お待ちを」

とは言われたが、すぐにもどって来て、

「さあ、どうぞ」

中に案内された。ただ門番はその途中で、

「姫さまはいま、取り込み中です」

と、にやにや笑いながら言った。

「取り込み中ってなんだい？」

「ま、それは」

門番は言わない。

あの姫はなにをしでかすかわからないところがある。この屋敷で象に乗っていたことだってあるのだ。

嫌な予感がした。

母屋ではなく、庭のほうにまわった。生きものたちの小屋がある一画である。

「そこにおられます」

と、門番は並んだ小屋のうちの一つを指差した。

「馬小屋じゃないな?」

「牛小屋です」

中をのぞくと、美羽姫のほか、ふだんは馬の世話をしている者と、女中が一人いた。

こっちを見た美羽姫と目が合った。

「あら、竜之助さま」

「取り込み中だとか」

「牛のお産の最中なんです」

「そうなのか」

大きな茶色い牛が小屋の中で横になっていた。

「おっ、前肢が出ているな」

「ええ。始まったところですから」

牛のお産くらいでよかった、と安堵《あんど》したとき、

「竜之助さまも手伝ってください」

と、美羽姫は言った。

「て、手伝い？　ど、どうすりゃいいんだ？」

竜之助は大いに焦った。牛はもちろん生きもののお産など見たこともないし、手伝いなどできるわけがない。

「冗談です」

と、美羽姫は笑った。

「おい」

「わたしたちも、ただ見ているだけなんです。でも、なにかあったら引っ張り出したりしなくちゃいけないんです」

牛が啼《な》いた。

苦しそうでもあるが、顔を見るとのんびりしているような感じもある。

「話を訊きながらでもかまわないかい？」

「ええ、どうぞ」

「この牛は、どこで仕入れたんだい？」

「これは小名木川《おなぎがわ》をずうっと奥のほうに行った亀高村《かめたかむら》というところに、うちの抱え屋敷があるのですが、その近くの百姓から譲り受けたのです」

「この界隈で牛を飼ってるのはここだけかい？」

「いいえ、そんなこと、ないですよ。最近、牛酪《ぎゅうらく》をつくるために飼い出したところもあるみたいです」

「ああ、牛酪な」

バタと呼ばれているやつである。脂を固めたもので、パンにつけて食べるとおいしいのだ。

「異人たちから注文があるみたいです」

「ここらで飼ってるのかい？」

「ええ。このあいだ霊岸島《れいがんじま》の銀町《しろがねちょう》を歩いていたら、牛の啼き声がしてました。ほとんど大川の近くでした」

「ほう」

「それと、たぶん鉄砲洲《てっぽうず》の十軒町《じっけんちょう》でも飼っているみたいです」

「牛の啼き声がしたかい？」

「いいえ。出したばかりの牛の糞が落ちてました」

「牛の糞？　馬じゃねえのかい？」

「あれはさんざん反芻《はんすう》した牛の糞ですね」

「へえ」

この姫は、しゃがみ込んで、糞を観察したりしているのか。やはり相当変わった性格をしている。

「あ、出る」

姫の声に牛のほうを見ると、
どしゃっ。

という感じで、いきなり仔牛が転がり出た。白い皮のようなものがくっついていて、全身はびっしょり濡れている。風呂上がりみたいに、身体から湯気が濛々《もうもう》と立ち上がった。

親牛はすぐに仔牛のほうに向き直り、湯気の立つ身体をぺろぺろと舐《な》め始めた。人のお産もこんなふうなのだろうか。

「これで大丈夫です」

と、美羽姫はたすきをほどいた。

「ん、うん」

つい見入ってしまっていた竜之助に、

「なにかあったのですか？」

「そうだった。人の赤ちゃんが四人いなくなったんだよ」

「まあ」

美羽姫の目が丸くなった。

四

いなくなった四人の赤ちゃんは、もしかして牛の乳を飲まされているのではないかという推理を語って聞かせると、

「わたしが案内します」

美羽姫はさっそく出かける支度をした。

「そりゃ悪いよ。牛の仔も産まれたばかりだし」

「生きものたちはもともと人の力なんか借りないものなんです。人が手伝ってや

れば、そのぶん無事に産まれる割合は高くなりますが」

美羽姫はさっさと門を出て歩いて行く。

一軒目は、すぐ近くの築地十軒町だった。

「このあたりです」

と、混み入った一角をのぞいていると、一軒の家の前で四、五人ほど集まって揉《も》めているようだった。

「なんだってこんなところで牛なんか飼うんだよ」

という声が聞こえた。

「竜之助さま。牛のことみたいですよ」

「ああ」

うなずいて、揉めているところに近づいた。

「自分の家で飼っていて、なにが悪い?」

「飼うだけならまだしも、変なものつくってるだろうが。臭《くさ》くてたまんねえのさ」

「なにが変なものだ。あれは牛酪といって、進んだ食いものなんだ」

「どこが進んでるんだ。とにかく、ここで牛を飼うのはやめてくれ」

「そうはいかねえ。おれだって、刀鍛冶《かたなかじ》をやめ、これに金をすべてぶち込んだのだ。新しい時代の商売なんだよ」

どうやら、ここで牛を飼っている男が、近所の者に文句を言われているらしい。

「おい、どうした?」

と、竜之助が十手を見せ、割って入った。

「いえね。こいつがここで牛を飼いはじめたんです。まあ、畜生を飼うのはしょうがねえ。うちだってニワトリを飼ってますからね。ただ、牛酪とやらの臭《にお》いをなんとかしてもらいてえ。あの臭いを嗅《か》ぐうち、食欲までなくなっちまう」

「いい臭いだろうが」

「ふざけるな」

摑《つか》み合いになった。

「おい、待て、待て」

竜之助が止めると、

「あなたたち、食べたことあるの?」

と、美羽姫がわきから訊いた。

「臭いでさえ気持ち悪くなるのに、あんなもの食えるか」

「あら。おいしいのよ。ねえ、食べさせてみたら？」

美羽姫は牛を飼っている男に言った。

「食べさせる？　でも、パンがねえんですよ」

「ご飯でいいんですよ。誰かあったかいご飯はないですか？」

「うちは炊いたばっかりだけど」

と、文句をつけていた一人が言った。

その男に頼むと、なんだか損したような顔でどんぶり飯と箸を持ってきた。

「これに牛酪をのせて、醤油をかけて、さあ、軽く混ぜてから食べてみて」

美羽姫に勧められ、男たちは食べはじめたが、

「うまいね」

「ほんとだ、うまい」

口々に言った。

「でしょう。しかも、滋養満点。ねえ、あなた、これをときどきお裾分けしてあげて、牛を飼うのを許してもらえば？　食べているうち、臭いは慣れてくるものよ」

「ああ、おれはかまわねえよ」

と、揉めごとはそれで決着した。

「ところで、近ごろ、ここに牛の乳を買いに来た人はいなかったかい？」

竜之助が訊いた。

「牛の乳を？　いや、牛酪はあるけど、乳はいないよ」

男がそう言うと、

「赤ちゃんに牛酪を舐めさせるというのはないでしょうね」

美羽姫は首を横に振った。

二軒目は、大川のほとりの土地で、牛が二頭、外に出ていた。どちらも牝牛《めうし》らしい。

干し草を与えていた男に、

「ちと訊きたいんだが？」

竜之助が声をかけた。

「なんです？」

こっちを向いたのは若い男で、髷《まげ》を結っておらず、ざんぎり頭になっていた。

「牛の乳を取っているんだろう？」

「ええ。牛酪をつくっているんです」

「牛酪をつくる前の乳を買いに来た人はいなかったかい？」

「いましたよ。飲みたいって買って行きました」

「いつ？」

「昨夜です。でも、変だったんです」

「なにが？」

「飲みたいと言ったわりに、牛の乳の匂いを気持ち悪そうにしていたんです」

「どれくらい買っていった？」

「二升です」

「そんなに？」

「どんだけ飲むんだって訊いたら、一人じゃないと言ってましたね」

「知っている人かい？」

「いや。初めて見ました。お店者みたいで、誰かに言われて来ていたのかもしれませんね。でも、また来ると言ってましたよ」

「また来る。じゃあ、もうそろそろ来るのかな？」

竜之助はそう言って、美羽姫を見た。

「赤ちゃんが四人としても二升あれば、今日いっぱいは大丈夫でしょう。いまは寒いから腐ったりもしないし」

それなら、帰ってから、ここを見張る者をよこせばいい。

じつに大きな手がかりだった。

五

美羽姫を藩邸に送り届けると、竜之助は八丁堀の役宅に立ち寄った。

ちょうどやよいとおゆきが家の前にいた。顔からして仔猫たちはまだ見つかっていないのだとわかった。

「あ、竜之助さま」

「思いついたことがあった」

急に思いついたというのではない。頭の片隅でぼんやり考えつづけていて、ほかのことをしているうちに、こうじゃないかと思っていたのだ。

「なんでしょう？」

「あのカラス」

と、指差した。まだ屋根の上にとまっている。

「やっぱりカラスですか？」

やよいががっかりしたように訊いた。

「そうじゃねえ。ただ、あのカラスを見て、同じことを思った人はいたかもしれねえ」

「カラスに襲われるかもしれないと？」

「ああ。知らせてやろうとしたが、おゆきちゃんたちは、皆、出かけていていなかった。それでここから持っていって隠してやろうとしたんじゃないか」

「じゃあ、そこに？」

「たぶん」

「でも、朝からこんなに騒ぎになっていたら、なにか言ってくるのでは？」

「そうできない事情があるわけさ」

「事情？」

「たとえば急な病」

「あっ」

おゆきが声を上げた。

「どうした？」

「向こうに住むご隠居さん、風邪引いたって昨日会ったとき言ってました」

やはり同心の家を借りている人で、百人一首を研究している学者だと聞いたことがある。

三人でその家を訪ねた。

「ごめんください」

やよいが声をかけた。

返事はない。耳を澄ますと、
みゅうみゅう。

というかすかな鳴き声がした。

「あの仔たちだ！」

「ご隠居さん。上がらせてもらいますよ」

そう言って、やよいとおゆきが中に入った。竜之助もそのあとからつづいた。

「あ」

見覚えのある隠居が、布団の中でうつろな目をこっちに向けた。顔は赤く、額に汗が浮かんでいる。

熱を出して寝込んでいたらしい。

枕元に、仔猫たちがいた。

腹が空いていたらしく、行灯《あんどん》の油を舐めている。

「魚の油だからうまいんだろうな」

「カラスに狙われてたので」

と、隠居は力のない声で言った。

やっぱりそうだった。

「返しに行こうと思ったけど、熱でふらふらして歩けないんだ」

「お医者を呼んで来てくれ」

やよいが出ようとすると、

「あたし、たまを連れてくる」

と、おゆきも出て行った。

おゆきのほうが先に母猫のたまを連れて戻って来た。仔猫たちのわきに置くと、仔猫たちはすぐに油から離れ、母猫の乳に吸いついた。

まもなく医者も駆けつけて来て、手当てが始まった。

やよいが台所で湯をわかしたり、たらいに水を入れて来たりする。

「猫たちを捜すうちにここへ来られたんですね？」

と、隠居が訊いた。

「ああ、そうだよ」

「猫たちにあたしが助けられたわけですな」

隠居は照れ臭そうに言った。

やよいも枕元に来て、猫たちを見ながら、

「かわいいね」

おゆきに言った。

「かわいいでしょ」

「一匹もらえる？」

「もちろん、もらってください。どっちにせよ、仔猫をもらってくれる人を捜すことになっていたんですから」

「竜之助さま。いいでしょう？」

「ああ、おいらはかまわねえよ」

「何色をくれるの？」

「どれでも」

やよいは色違いの四匹を見ながら、迷いはじめたようだった。

そんなやよいを見ながら、

「猫が見つかってよかったが、四匹の猫は、赤ちゃんとはまったく関係なかったな」

と、竜之助は言った。

「そうでしたね。あたしも余計なことを言ってしまって」

「それはいいんだが、四人という数に意味がないとなると」

竜之助はふいに不安になった。

——ということは、五人目、六人目も出るかもしれないではないか。

第二章　八丁堀で人さらい

一

夕方、竜之助はもう一度、いなくなった四人の赤ちゃんの家を回った。

棚橋主水は、「こうなったら江戸中の家を一軒ずつしらみつぶしに回る」と喚《わめ》いていた。ご新造などはすっかりやつれて、耳をふさぎたそうにしていた。

「大名屋敷の中かもしれませんよ」

「大名がなんだ」

「そういうことではなく、入れてくれるかどうか」

「大名屋敷は後回しにする」

「なるほど」

「止めても無駄だぞ」

「いえ、止めません。お気持ちはわかりますから」

そう言って、竜之助は踵《きびす》を返した。

たぶんあの御仁《ごじん》は喚いていないと不安でたまらないのだろう。ただ、あの家は赤ちゃんがもどったあとも、しばらくは隙間風のようなものが吹いているのではないか。

搗き米屋は、ひたすら信心にすがろうというつもりらしい。法華の熱心な信者らしく、家族はもちろん、親戚や信者仲間なども集まってきて、念仏を唱えつづけていた。

お店者の女房は静かに座って、落ち着こうとしているのが哀れだった。

小網町の母親は、今日も朝早くから近所の髪結いまで出かけていた。

「ふだんの気持ちではいられねえよな」

竜之助がそう言うと、

「でも、出方は人それぞれですね」

文治も同情したように深くうなずいた。

霊岸島の牛を飼っている家にも行ってみた。ちゃんと見張りの者も二人いる。

牛乳を買いに来た者はいないという。

それらしきやつが来たら、その場でふん縛ったりせず、後をつけて家を確かめるよう命じてある。二人いるのは、奉行所などへ連絡するためである。

これで赤ちゃんを見つけ、無事、保護するとともに、下手人たちを全員捕縛というのが理想である。

とりあえず、竜之助はいったん奉行所にもどった。

岡っ引きや町役人たちは、夜通しの捜索になるはずである。もちろん竜之助もそうするつもりである。

しかも、今宵は宿直《とのい》に当たっていた。やよいが夜の弁当を届けてくれるはずで、ひとまずそれを食べて力をつけたい。

ちょうど暮れ六つ（午後六時）の鐘が鳴っているとき、やよいが布で何重にもくるんだ弁当を持って来た。

「竜之助さま。まだ、温かいうちに」

走って来たらしく、頬を赤くしたまま言った。

「おう、さっそく食わせてもらうぜ」

同心部屋にもどって弁当を開けた。やよいお手製の天丼になっていた。ぶ厚い丼にふたをしてくれているので、本当にまだ温かい。竹筒にもまだ熱くて飲めないくらいのワカメの味噌汁が入っている。

ぎっしり詰まった飯の上に、アジとイカとカボチャとサツマイモの天ぷらがのり、甘辛いタレがかかり、それが飯に沁み込んでいる。

いっきにかっこむ。

味噌汁も飲む。

「うまいなあ」

思わず口に出したとき、

「よう、福川」

吟味方同心の戸山甲兵衛《とやまこうべえ》が入ってきた。表情に偉ぶった気持ちと媚《こ》びた気持ちが混じり合っていて、嫌な予感がした。

「どうも」

「頼みがあるんだよ」

「なんでしょうか？」

「元はと言えば、矢崎が悪いんだ」

「では、矢崎さんに」

とは言ったが、矢崎はさっき帰ってしまった。たぶんそれを知っていて言っているような気がする。

「あいつがこのあいだ宿直の日を一日ずらしたもんだから、おいらの宿直が明日の番になってしまった」

「ははあ」

明日は三十日で大晦日《おおみそか》（旧暦は三十日まで）。明ければ正月である。

「すまぬが、代わってくれ」

「でも、おいらは今晩が宿直ですよ」

「おい、宿直が二晩つづいてはいけないという決まりはないぞ」

「それはそうですが」

「福川はまだ見習いだよな」

すこし間を置いて言った。

「ええ」

「苦労は買ってでもするもんだ」

「それはそうです」

「おいらは若いとき、五日もつづけて泊まり込んだこともある」

「それはまた」

「人生に苦労はつきものだし、長い目で見ればそれは修行にもなる。お前も会ったことのあるあの厳しい家内」

「はい」

きれいだったが、たしかに厳しい感じはした。

「あれと夫婦になるのも修行のうちだと考えることにした」

「修行！」

「正月の宿直も、かならずや役に立つときがくる」

「……」

なんの役に立つのか、まるで思い当たらない。

「屠蘇《とそ》は家内に届けさせる」

「そんなことは」

「じゃあ、頼んだぞ」

無理やり押しつけられてしまった。

晩飯を済ませ、ちょっとだけ休息を取ると、竜之助はまた夜回りに出た。文治も飯を食ってからまた出てくるとは言っていたが、夜回りは別々にすることにしてある。

赤ちゃんの泣き声は、ちょうど泣いているときに通りかからなければわからない。それには、いっしょに回るより、時刻をずらしたほうが、泣いているところに出会う確率も高くなる。

もっとも今宵は日本橋界隈《かいわい》のあらゆる番屋が、赤ちゃんの泣き声に聞き耳を立てているはずである。夕方、奉行のほうからそんな通達を出してもらったのだ。

赤ちゃんがさらわれた家や界隈の番屋を一巡りし、さらに牛を飼っている家の前も通り、竜之助は八丁堀の役宅に立ち寄った。

明日も宿直になったことをやよいに告げておこうと思ったのだ。

話をすると、

「そうですか。わかりました」

と、やよいは軽くうなずいた。

正月なのに、なんてことは言わない。おそらく先輩に押しつけられたのだと察したのだろう。やよいに愚痴を言われたら、竜之助もやり切れないような気持ちになったかもしれない。

事件は大晦日でも正月でも関係なく起こる。町方だの医者だのは、季節の行事などは忘れて駆け回らなければならない仕事なのだ。やよいはそのことを、ちゃんとわかってくれている。

「では、明日の朝ご飯もお届けしますね」

「いいのか？」

「もちろんです」

「天丼、むちゃくちゃうまかったぜ」

「はい」

やよいの顔がいっきにほころんだ。

通りに出て、寝静まった八丁堀を足早に歩く。

もう五つ（午後八時）は過ぎている。今日もずいぶん歩き回った。奉行所にもどったら、宿直部屋で早々と寝てしまいたい。

いや、剣の稽古を怠るのはまずい。寝るのは四半刻（約三十分）、剣を振ってからだ。

まだ八丁堀の中を歩いている途中だった。

――ん？

どこかで悲鳴が聞こえた。

「赤ちゃんが、赤ちゃんが！」

そう叫んでいる。

「どこだ？」

歩いている通りから一本ずれた通りの家らしい。声のするほうに駆けた。

なんと、矢崎の家ではないか。

声をかけようとしたら、矢崎が飛び出して来た。

「赤ん坊がさらわれた」

「なんですって」

「わしはこっちに行く。福川は向こうに」

矢崎は楓川《もみじがわ》のほうを、竜之助には越前堀《えちぜんぼり》のほうを指差した。

「わかりました」

全力で走る。が、それらしいやつの影は見えない。

「人さらいだ！」

すぐに大声で喚きながら、八丁堀界隈を捜し回った。

「赤ちゃんがさらわれた。出て来てくれ。赤ちゃんがさらわれた」

竜之助が叫ぶ声で、家々から次々に押っ取り刀の男たちが飛び出して来た。

さすが八丁堀である。

「どこだ、人さらいは？」

「捜してください。赤ちゃんを抱いています」

「提灯《ちょうちん》だ」

「がんどうはないか」

明かりが乏しい。なにせ晦日の一日前で、月は林檎《りんご》の皮のように薄い。

また自分の家の前に来た。

やよいも騒ぎを聞き、一回りしてきたところらしい。

「橋の前で見張ります」

と、やよいは言った。

さすがに機転が利く。胸元には懐剣も見えている。

「うむ。頼む」

一刻（約二時間）近く、八丁堀界隈はすったもんだの大騒ぎとなった。

だが、ついに見つけることはできなかった。

二

矢崎は肩を落とし、玄関口に腰をかけた。

十人の子どものうち、年長の五人ほどは赤ちゃん捜しに駆け回っていたらしい。

「矢崎さん……」

「ああ。疲れただろう」

「そんなことより、申し訳ありません」

「おめえのせいじゃねえだろうが」

「たぶん舟を使われた気がします」

通りに出ず、裏庭からさらに向こうの同心の裏庭に回って、そこから表に出れば、すぐ前は八丁堀の真ん中あたりを流れる小さな堀川に下りられるのだ。そこの地蔵橋《じぞうばし》のたもとあたりに小舟を隠しておけば、ほとんど誰にも見つからず、越前堀に出られる。あとは水路を使ってどこにだって逃げられる。

「なるほど」

「早く気づけば、越前堀に出る前に捕まえられたかもしれません」

騒ぐという方法は正しかったのか。

自分は動揺したのではないか。

竜之助は自分を責めた。

「いちおう橋の見張りは置くようにな」

矢崎が小者に言った。

「はい」

「赤ん坊の泣き声は聞き逃がすなよ」

矢崎の家の一室が、臨時の番屋のようになり、もう一人、同心と、小者が三人も詰めることになった。

「おいらもここに」

と、竜之助は言ったが、

「奉行所に身代金の要求が入ったりするかもしれねえ。おめえはあっちにいてくれ」

「わかりました」

というので奉行所に向かった。

宿直の者が寝る部屋もあるが、矢崎の気持ちを思ったら、とても眠るどころではない。竜之助は同心部屋の机にもたれたまま、夜を明かしたのだった。

大晦日となる日。

東の空が明るくなってきたころ、

報《しら》せが飛び込んできた。通一丁目の番屋の者だという。

「大変です」

「どうした」

「日本橋のたもとに五人の赤ちゃんが」

「なんだと。赤ちゃんたちは無事か？」

「無事みたいです」

「矢崎さんの家にも報せてくれ」

竜之助はもの凄い勢いで駆けた。

おそらくこんなに速く走ったのはいままでなかったのではないか。

竜之助が着くと、

「こっちです」

と、橋のたもとにある、〈西川近江屋《にしかわおうみや》〉の中に案内された。

「たもとに置いてあったんですが、赤ん坊たちが寒いと可哀そうなので、ここの中に入れてもらったんです」

「なるほど」

荷車があり、そこへ布団が敷いてあり、五人の赤ちゃんが寝かされていた。何人かは泣いていた。

「すぐに家のほうに」

「もう向かってます」

「最初に見つけたのは誰だい？」

「あたしです。ここの手代をしていて、いつもいちばんに出て来て、今朝もやって来ると、高札のわきに荷車があり、赤ん坊の泣き声がしていたんです。しかも、見たら五人もいるではありませんか。びっくりして、そっちの番屋に駆け込んだのです」

「周囲に誰かいなかったかい？　高札のところなんだろう？」

お上からのお達しなどが示されるので、いつもこれを読む者で賑わっているところなのだ。

「まだ夜も明けきっておらず、字もよく読めないころですからね。あの近所に人けはなかったです」

「なるほどな」

暗いうちに誰かが荷車を曳《ひ》いて来たのだ。

だが、いくら暗くても、番屋だの木戸番だの辻番だの、人の目はある。たぶんそう遠くからは来ていないはずだった。

「どこだ？」

と、矢崎がいちばん最初に飛んで来た。

五人の赤ちゃんをざっと眺め、

「この子だ。着物の柄もうちの子のものだ」

と、一人を抱き上げた。見ると、なんとなく矢崎の面影も窺《うかが》えた。

次々に父親たちがやって来る。搗き米屋は母親のほうも来た。

「よかったな」

「よかったです」

町方同士でそんな話もする。ただ、これで仕事が終わったわけではない。これから下手人を捕まえなければ、かどわかしは終わったとは言えないのだ。

訊きたいことはあるが、まずは家に連れ帰ってもらった。

「一人来てないぞ」

「あれだよ」

小網町の長屋の赤ちゃんだった。

三

文治が母親を連れて来た。すでに昼になっている。

「まったく弱った母親ですよ」

「焦ってもしょうがないでしょ」

目元に紅をはいた、いまどきの悪っぽい化粧をしている。素顔はかなり可愛らしい顔立ちをしているはずである。

「おめえ、名前は？」

文治が訊いた。

「おせつだよ」

「おせつ、ほら、早く乳を飲ませてやれ」

「はい、わかったよ」

いきなり豊かな胸を出し、乳首を含ませた。

竜之助は思わず目を逸《そ》らしてしまう。

赤ちゃんは凄い勢いで乳を飲んだらしく、気持ちよさそうに寝入ってしまった。

「ほら、やっぱり母親がいちばんなんだ」

「でも」

「でもってなんだよ？」

「この子はあたしらが育てないほうがいいんですよ」

おせつはとんでもないことを言い出した。

「可愛いとは思わねえのか？」

文治が叱るように訊いた。

「うーん」

と、考え込んだ。

「考えるのかよ。母親なら子どもが可愛いのは当然だろうが」

「そうですよね」

「なにがそうですよねだ」

「よその子を見ると、子どもって可愛いと思ったりもします。でも、自分で育てると思うと、自信がないのが先に立つんです。だから、さらわれたのはもしかしたらこの子の天運だったのかなって。さらった人のほうが、可愛がってくれるかなって」

「この馬鹿野郎」

文治が顔色を変えて怒り出したので、

「まあ、待ちなよ、文治。この人は正直な気持ちを話してるんだ」

「だから、なおさら」

「いや、怒ってしまったらお終《しま》いだって」

竜之助は文治をなだめた。

とりあえずほかに訊くこともあるので、おせつを小網町の長屋まで連れて行くことにした。

行ってみると、家には、心配した大家や町役人が来ていた。

「おう、来たか。よかった、よかった」

「じゃあ、今度はさらわれないよう気をつけるんだぞ」

あとは竜之助たちにまかせたというように帰って行った。

赤ちゃんを寝かしつけるあいだ、竜之助はぼんやり家の中を眺めた。そのうち、なにか妙な感じがしてきた。

ここはわりといい長屋である。四坪分ほどの台所も兼ねた土間があり、畳敷きは六畳間になっている。その奥は、縁側ふうの板の間がある。陽も差すし、夏も風通しがよさそうである。

竜之助は、この仕事をするうち、ぼて振り稼業の者にもずいぶん接してきた。あの連中はもっと狭くて汚い長屋住まいをしている気がする。

さらに、ぼて振りの女房などは自分も内職仕事をしたりして、家計を助けているのが常だが、おせつはどう見ても働いてはいない。そのくせ、着物はいいものを着ている。

また、敷きっぱなしにした布団も、綿がたくさん入った上等なものである。

赤ちゃんが寝入ったようなので、

「亭主は今日も帰ってねえのか?」

と、竜之助は訊いた。

「はい」

「あんたの亭主はぼて振りって言ったよな?」

「ええ、まあ」

「なにを売ってるんだい？」

「魚でしょ」

ここは魚河岸にも近いから、魚のぼて振りをしていても不思議はない。

「天秤棒はどこにあるんだ？　ぼて振りならどうしたって必要だろうが？」

「天秤棒？」

「ああ。ないのはおかしいぜ」

「持って行ってもどしてないんですよ」

「なあ、文治。ぼて振りでこの長屋に住めるってのは、相当稼ぎもいいんだろうな」

「ほんとですね。おい、おせつ、嘘つくなよ。おめえの亭主、ほんとはバクチ打ちなんだろう？」

文治がわきから言った。

「そんなんじゃないですよ」

「いや、文治、バクチ打ちでもねえ。この家の中を見てみな」

「え？」

「そろばんがあるぜ。ぼて振りがそろばんを使うほど、いっぱい売るか？」

「そうですよね」

「書物もある。玉石混交図鑑ときた。魚のぼて振りと関係あるようには思えねえぜ」

「たしかに」

「それはなんだ？」

と、土間の隅を指差した。

砥石《といし》が置かれている。この女房が使うようには思えない。

「おめえの亭主はいつからいなくなった？」

「いつでしたかね？」

しらばくれている。

ちっとも埒《らち》が明かないので、文治が隣の住人に訊きに行くと、

「さらわれたときはいたそうですぜ」

と、もどって来た。

「なんだと？」

「それどころか、ここの亭主はぼて振りなんかじゃないそうです。たまに見るときは、いつも身ぎれいな着物の着流しを着ているそうです」

「おい、なにしてるんだ？」

「知らないよ、あたしは」

「だったら、なんでぼて振りだなんて言ったんだ？」

「そう言えって言われたからだよ」

「ははあ。町方が来て、訊かれたらそう言えって言われたんだ？」

「そうだよ」

おせつは渋々うなずいた。

「おい、文治」

竜之助は文治を見た。

「怪しいですね？」

「怪しいよ」

「もしかしたら、赤ん坊をさらった下手人ですか？」

「下手人ねえ……」

だとすると、自分の子をさらったことになる。

それはどういうことなのか？

だが、この世では信じられない事件が起きるのである。

怪しまれないため、自分の子をさらってみせた、なんてこともあるのだろうか。いや、そんなややこしいことはしない。

おそらく、亭主はまもなく大勢やって来るであろう町方の者たちと、顔を合わせたくなかったに違いない。

四

「おせつさんは亭主がもどって来なくて、寂しくねえのかい？」

と、竜之助は訊いた。

「慣れてるもの」

「そんなにしょっちゅう外泊するのかい？」

「近ごろは帰って来る日はほとんどないくらいだよ」

「赤ちゃんが産まれたのに？」

「うん」

うなずいて、寂しそうな顔をした。

「亭主の名前はなんていうんだ？」

「亀次《かめじ》だよ」

亀次という名に覚えはない。

文治を見ると、やはり首を横に振った。

「亀次の歳は？」

「年が明けて二十五かな」

「生まれは？」

「江戸だよ。深川《ふかがわ》だって」

「お縄になったこととかはあるのかい？」

「それはないと思うよ。入れ墨なんかもないし」

では、奉行所の記録を調べてもわからないだろう。

「どんな顔をしてる」

「いい男だよ。役者も顔負けの」

嬉しそうに言った。

「こちらの同心さまと比べてどうだ？」

と、文治が訊いた。

「ああ、旦那のほうがいい男」

竜之助を熱い眼差しで見た。

「なにくだらねえこと言ってやがる」

と、竜之助は二人を叱り、

「どこで知り合ったんだ？」

と、訊いた。

「日本橋の上」

また、わかりやすいところで知り合ったものである。

「日本橋の上かあ」

「引っかけられたのか？」

文治が情けない顔で訊いた。

「そういう言い方はしないでよ」

「そうだろうが」

「でも、あの人は、あたしよりはいい人だよ」

「なんで？」

「赤ん坊のことも産まれるのを楽しみにしていたし、こいつが将来も苦労しねえように店でも持たせてやりてえと言ってたから」

「店でも持たせる？　どうやって？」

「さあ」

なにか一攫《いっかく》千金を狙っていたのではないか。

「亀次には悪い友だちもいたんだろう？」

「いえ、あの人は友だちとか少なくて。よく、友だちなんかいらねえとも言ってました。あたしもその気持ちはわかるんだよね」

おせつはそう言って、不貞腐《ふてくさ》れたような顔をした。

「なんかきな臭くなってきましたね」

文治が竜之助を見て言った。

「そうだな」

いったい亀次という男はどんなやつなのか。当人がいない以上、手がかりはこの家にあるものしかない。

と、そこへ――。

いったん家に行っていた矢崎がやって来た。心配ごとが解決したから、爽やかな顔をしている。

「どうだ、調べは？」

「それよりちょっと気になることが出てきまして」

「なんだ？」

「このおせつの亭主ってえのがどうも怪しいんです」

と、竜之助は手短に話した。

「ふうん。それは父親がいなくても心配だし、いても心配だな」

矢崎は赤ちゃんを見ながら言った。

竜之助たちの話を聞いていたおせつが、

「ねえ、同心さまたち。この子をお上で育ててくださいよ」

いきなり言い出した。

「なんだとぉ」

おせつの顔は大真面目である。

「お上で育て、奉行所の小者にでもしてもらったほうがこの子は幸せになれると思います」

と、泣き出した。その泣きっぷりがやけに子どもじみているように思えて、

「おせつさんは、いくつなんだい？」

と、竜之助は訊いた。

「十五です」

「まだ十五だったのか？」

竜之助だけでなく、矢崎も文治も驚いた顔をした。

化粧が濃いせいや、大柄なこともあって、大人びて見える。だが、気持ちはまだ半分子どものなのだろう。

「おめえ、実家はあるんだろうが」

と、矢崎が言った。

「勘当になったよ」

「勘当だって解くことはできるんだぞ。孫の顔を見せてやったら親の気持ちも変わるもんだ」

「それはないね。大喧嘩して家を出ちゃったから。あたしだって、いまさらもどりたくなんかないよ」

どうも危なっかしい事態である。

竜之助たちは、どうしたものかと思案した。

「とりあえず正月のあいだだけでも、町役人のところにでも預かってもらいましょうか？」

と、文治が言うと、

「ううむ。だが、亀次が正月、ふいに帰って来たりすると、なんか騒ぎを引き起こしそうで怖いな」

矢崎は反対した。

「だったら、とりあえずお奉行のところで預かってもらいましょうか」

竜之助がそう言うと、矢崎が、

「あ、それは駄目だな」

と、言った。

「なんでですか？」

「お奉行のところでいま風邪が流行《はや》っていて、お女中たちなどもほとんどが寝込んでいるんだ。あんなところに赤ん坊を寝かせられねえよ」

「そうですか」

また三人で赤ちゃんを見ながら考えているうち、

「やよいちゃんが見てくれねえか？」

と、矢崎が言い出した。

「やよいが？」

「あの娘だったら気も利いているし、赤ん坊の面倒くらい見てくれるんじゃねえか？　乳だのおむつだのは、うちのを貸し出してやるよ。なんならあの牛の乳をもらってきてもいいし」

「そんな。だいいち、おいらは今晩も宿直ですし」

「え？　おめえ、昨日も宿直だったんじゃねえのか？」

「戸山さんに代わってくれと頼まれたんです」

「あの野郎」

「いや、それはもういいんです。ただ、ものじゃあるまいし、おい、持って帰ったぞとは言えませんよ」

「やよいちゃんに訊いてこいよ」

矢崎は顎をしゃくるようにして言った。

「はあ」

「そのあいだ、牛の乳を仕入れておくから」

小網町から竜之助の役宅はすぐ近くだから、やよいに訊きにもどった。

「とんでもねえことを頼まれたぜ」

「なんでしょう?」

「さらわれた赤ちゃんの母親のうちの一人が、まだ十五で、どうも危なっかしいんだよ。亭主はいなくなっているし、二人っきりにしておくと、なんかとんでもないことをしでかしそうな恐れもあるのさ」

「ああ、そうですね」

「そうしたら矢崎さんが、やよいに預かってもらえないかと言い出したのさ」

「赤ちゃんを?」

やよいは目を丸くした。

「無理だよな」

「でも、世話はしたことあります」

「そうなのか」

「姉が実家でお産をしたとき、産後の肥立《ひだ》ちが悪く、あまり動いたりできなかったので、あたしが赤ちゃんの面倒を見ていました。楽しかったですよ」

「へえ」

「もし、ここで引き受けないと、赤ちゃんがたらい回しみたいにされるんでしょ?」

「なにせ時季も時季だしな」

「赤ちゃん、可哀そう。わかりました。あたしが面倒見させてもらいます」

やよいはきっぱりと言った。

五

寒くないように綿入れでくるんで、やよいが赤ちゃんを運んだ。なかなか慣れた抱き方に思える。

「竜之助さま。この子、いい匂いがしますよ」

やよいが不思議そうに言った。

「赤ちゃんの匂いだろ？」

「そうじゃなくて、花の匂いのような、お香にも似てるけど、でも嗅いだことのない匂いです」

「どれどれ？」

竜之助は鼻を近づけたが、さっぱりわからない。

「おせつちゃんが使っている匂い袋かなにかですかね」

「どうかな」

竜之助にはそう大事なこととは思えない。

おせつには、

「心配になったら、いつでもようすを見に来いよ」

と言い、竜之助の家も教えた。

だが、来るかどうかはまったくわからない。まずは面倒から逃れられたような、ホッとした顔をしていた。

途中、矢崎の家に寄り、ご新造に乳を飲ませてもらった。

「今度はあまり乳の出がよくなくてね。足りないかもしれないわよ」

「じゃあ、牛のお乳を飲ませます」

文治がすでに牛の乳を買ってきてあった。

「やよいさん。牛のお乳は一度、煮立たせて、それから人肌に冷まして、口で飲ませるといいんだってよ」

「わかりました。そうします」

竜之助は余計な口は挟まず、わきでうなずいているだけである。

役宅にもどると、さっそくもらってきてあった一升どっくりから小鍋に牛の乳を入れ、煮立たせた。

赤ちゃんが匂いでも感じたのか、泣き出している。

「おい、どうしよう」

「たぶん、まだお腹が空いているんだと思います」

「あやそうか？」

「若さまがですか？」

「抱くのは怖い気がするけど」

「あたしも見ちゃいられないと思います」

「だよな。ねんねんころりよ、おころりよ」

今度は赤ちゃんの横に寝転んで、唄い出した。

だが、最近発覚したのだが、竜之助はひどい音痴である。

「若さま、それは」

やよいが止めたがもう遅い。赤ちゃんはますます火がついたみたいに泣き出した。

「よし。人肌になりましたよ」

やよいはその牛の乳を口に含み、赤ちゃんの口につけた。

「どうだ？」

竜之助が訊いたが、やよいは答えるどころではない。

わきからのぞき込むと、赤ちゃんがやよいの口をちゅうちゅう吸っているのが見えた。

「あ、吸ってる、吸ってる」

しばらくして、赤ちゃんはやよいが口いっぱいに含んだ乳を飲み終えたが、

「まだ飲みたいみたいですね」

もう一口分を飲ませた。

すると、赤ちゃんは満足したのか、すやすやと寝始めたではないか。

「かわいいですね」

「そうだな」

「赤ちゃんにはなんの罪もないですからね」

「でも、こりゃあ大変だぞ」

産まれてから数ヵ月は、夜中もしょっちゅう目を覚まして、乳をねだったりするらしい。母親はぐっすり寝ることもできないのだ。

「なんとか、頑張ってみます。ほんとに真ん丸で、玉のような赤ちゃんですね」

「ほんとにそうだな。玉のような……」

竜之助の頭で、なにかが閃《ひらめ》いた。

玉がずらりと並んだ光景が目に浮かんだ。

――どこで見たのだろう。

「あ」

思い出した。

ひと月ほど前、かんざしが盗まれ、それについていた翡翠《ひすい》が滅法高価なものだった。そこで翡翠だけを売り払ったかもしれないと推理し、尾張町《おわりちょう》にある〈珍《ちん》玉堂《ぎょくどう》〉という店を訪ねたことがあった。

あのとき相手をした若旦那。歳は二十五くらいで、いい男だった。

おせつの長屋にあったものと符合するのではないか。

あれくらいの店なら、売上の計算などでもそろばんは欠かせないだろう。

玉石混交図鑑という書物もあった。まさに、あの翡翠や宝石を売る店と関係が深い書物である。

そして、砥石は翡翠などを磨くのに使われる。

「若さま。どうなさいました？」

「いや、思い出したことがあるんだ」

出かける支度をした。

「宿直なのにお弁当をお届けすることはできませんが」

「もちろんかまわねえ。それより、この件を片づけて、一度、もどってくる途中で、弁当を買って来るってのはどうだい？」

「若さまが買って来てくれるのですか？」

「うん。白魚橋《しらうおばし》のたもとでうなぎ弁当ってのを売ってるだろ。あれを一度食べてみたかったんだよ」

「はい、あたしも思ってました」

やよいが嬉しそうにうなずいた。

また矢崎三五郎の家に行った。もう、だいぶ陽は翳《かげ》っている。大晦日の掛け取りで出回っていたお店者たちも、そろそろ店にもどるころだろう。

「おう、どうした、福川？」

もともと今日は非番になっていた矢崎は、家にいた。

「ちょっと話が」

「まあ上がって一杯やれ」

矢崎はすこし顔が赤い。

「いえ、そんな場合じゃないんです。ほら、尾張町の角のところに高価な翡翠などを売る店がありますよね」

「ああ、珍玉堂だろ？」

「ひと月ほど前、盗品の調べであそこに寄ったのを覚えてますか？」

「ああ、おいらとお前でな」

結局、盗まれた翡翠は別の店から出てきたのだが、そこで聞いた翡翠の話は、ほかの店で特徴を説明するのに大いに役立ったのである。

「あのとき、相手をした店の若旦那」

「覚えてるよ。あいつは養子なんだ」

「そうなんですか」

「おめえが玉の説明を受けてるとき、おいらは先代としゃべっていたのでな」

「ははあ」

「娘がべた惚れして、婿に入れることにしたんだそうだ。子どものときから石を集めるというのが道楽で、川に行っては石を拾ってきて、磨いたりしていたそうだ」

子どものときからというのは嘘だろう。あそこにあった書物でにわか勉強をしたのだ。もちろん、あの家に養子に入るために。

「悪いやつだなあ」

「あれがなんかしたのか？」

「小網町の赤ちゃんの父親はあいつですよ」

「え」

「おいらたちに顔を知られていると思って、いつまでも出て来られないんです」

「なるほど、そういうことか」

「二重に夫婦になっているって罪になりますか？」

「そりゃあなるさ。妾《めかけ》とはわけが違う」

「しかも、あいつ、珍玉堂でなにかやるつもりですよ」

竜之助がそう言うと、矢崎はしばらく考え、

「ただ、女たちをだましてるだけでなく、もっと悪いことを考えてるから、おいらたちと会いたくねえんだろうな」

「そう思います」

「押し込みか」

「それはわかりません」

「ちっと待ってくれ」

矢崎は外に出る仕度を始め、下女に送られて玄関を出た。ご新造はまだ立ったり歩いたりはきついのだ。

暮れ六つの鐘が鳴っている。大晦日の夜であるが、まだ除夜の鐘ではないだろう。

矢崎には声をかけず、そのまま亀次をふん縛ってくれればよかったのか。

「いいんですか？」

と、竜之助は言った。

「なにが？」

「明日は正月ですよ」

「福川。おいらたちの仕事ってのは、盆も正月もねえものなんだぜ」

いつになく矢崎が颯爽《さっそう》として見える。

「ですよね――」

竜之助も矢崎の真似をするように、肩で風を切って歩いた。

いったん奉行所に寄り、小者を三人ほど連れて尾張町の〈珍玉堂〉に向かった。

珍玉堂は間口も十四、五間はある大きな店である。頭上に掲げた看板の、〈玉〉という字の点のところには大きな水晶の玉が嵌《は》め込まれている。それは、月もないのにかすかに白い光を宿しているように見えた。

「おい、開けてくれ」

矢崎が戸を叩いた。だが、ぶ厚い表戸が閉められていて、強く叩いてもなかなか出て来なかった。

あるじや手代たちが、一年の疲れをねぎらって、宴を催しているのだろう。商家にとって、大晦日は一年でいちばん忙しい日でもある。

「ほらほら、開けろ」

矢崎は刀の鞘《さや》の底で叩いた。

ようやく手代が出て来た。

「もう商いは仕舞いましたが」

「南町奉行所の者だ。若旦那を呼んでくれ」

と、矢崎が言った。

「若旦那を？」

「若旦那の名前はたしか亀次だよな？」

「いえ、有蔵《ゆうぞう》ですが」

竜之助がそいつですよという意味を込めてうなずいた。あそこの長屋とは別の名にしているのだ。

その有蔵が出て来た。

たしかに年齢は二十四、五。目が大きな、いい男である。

「あんた有蔵だって？」

矢崎が意地悪っぽく訊いた。

「ええ」

「亀次だろ？」

「え」

顔が凍りついたようになった。

「よかったな。いなくなっていたあんたの息子だが、もどって来たぜ」

「あたしの息子？」

「とぼけちゃいけねえよ」

「いや、とぼけるつもりはありません。そうですか、もどりましたか。怪我とかそういうのは？」

「無事だったよ」

「よかったです」

ほっとした顔は、芝居ではなさそうである。

「なんで女房のところに行かねえんだ？　赤ん坊が心配じゃなかったのか？」

「心配でしたよ。何度もここで神棚に祈っていたくらいです。ただ、あれはなんと言っているかわかりませんが、あいつは女房じゃなくて、妾なんです」

「妾だと？」

「ここではないしょにしておいてもらえませんか？」

「なんで？」

「あっしは養子なもんで、妾なんかつくる立場にはないんですよ」

「福川、おせつは妾なんだってよ」

と、矢崎は竜之助に水を向けた。

「そりゃあおかしいなあ」

竜之助は皮肉な笑みを浮かべた。

「なにがです？」

「あの小網町で所帯を持ったのはいつのことだよ？」

「今年の二月ごろですが」

「そうだよな。それで、こっちの店に養子に入ったのはいつだよ？」

「今年の九月」

「だったら、こっちが妾だろう？」

「いや、そういうわけにはいかないんです」

「そういうわけにはこっちだっていかねえんだよ！」

と、矢崎がわきから凄んだ。

「あんた、このままここでずうっと若旦那をしてるつもりだったのかい？」

竜之助が訊いた。

「どういう意味です？」

「産まれてくる子に店を持たせてやりてえと言っていたんだってな？」

「そ、それは」

「どうやって店一軒、建てられるんだ？」

「それは」

「押し込みでも引き入れて、強奪しようとしたのかい？」

「そんな滅相もねえ」

「あんた、友だちもあんまりいないらしいしな」

「え？」

「長屋に砥石があったよな。ここから石を持ち出すつもりだったんだろ？　それで磨いて見かけを新しくしてから横流しするつもりだったんだ」

竜之助の言葉に、亀次はしばらく唇を嚙みしめていたが、やがてぽつりと、

「申し訳ありません」

そう言ってうなだれた。

亀次はおせつを妾だと言ったが、本心は違ったのだ。

やはり、本当の女房はおせつで、こっちの女房はいっときだけ金を稼いだら、なにかしら理由をつくって別れるつもりだったに違いない。

竜之助が縄を打つあいだ、

「馬鹿野郎。見つかった赤ん坊の顔も見ねえで牢に入るんだぞ」

と、矢崎は言った。

「はい」

「おせつは育てる自信がねえんだとよ」

「でしょうね。あっしがついていてやるべきなんですが、なまじ産まれてくる子どもに楽させようなんて思ったばっかりに」

「だが、翡翠を盗む前に捕まったのはありがてえと思え。やっちまったあとだったら、牢から出られるかどうかもわかんなかったぜ」

矢崎はそう言った。

たしかにそうなのだ。何百両という盗みを未然に防ぐことができた。

そういえば、一昨日の晩に読んだ捕物帳にも、年末の事件で宝石がらみの詐欺の件が載っていた。今後も年末には宝石屋の見張りを強化するべきだろう。

「ありがとうございました」

「旦那と女房に挨拶して行くか？」

「いえ、合わせる顔はありません」

「じゃあ行くぞ」

竜之助と矢崎は、南町奉行所に向かった。今宵は大番屋もあまり下手人など持ち込まれたくないだろう。このまま奉行所の牢に入れ、明日から調べを始めることにしたのだった。

「あ、まずいな」

途中で竜之助が言った。

「なんだ、福川？」

「いや、一度役宅にもどるついでに、白魚橋のところでうなぎ弁当を買って帰るって約束したんです。そろそろ仕舞っちゃいますね」

「いいよ。おいらがこいつを牢に叩き込んでおくから、おめえはうなぎ弁当を買って帰んな」

「ほんとにいいんですか？」

「今晩も泊まるんだろ？　うなぎでも食って元気つけねえとな」

「では、お言葉に甘えて」

踵を返したとき、除夜の鐘が鳴り出していた。

第三章　いなくなった人

一

竜之助が同心部屋のごろ寝から目を覚ますと、すでに夜は明け、新しい年になっていた。

「福川さま、福川さま」

夜勤の中間《ちゅうげん》に起こされた。起こしてくれるよう頼んでおいたのだ。

「おう、初日《はつひ》を拝むぞ」

手早く顔を洗い、奉行所の前の広場に出て、築地のほうから上ってきた初日に手を合わせた。

ほかの宿直《とのい》だった者たちもぞろぞろ出て来ている。

「おめでとうございます」

「おめでとう」

挨拶を交わし合った。

どういう手違いだったのか、大晦日の夜はけっこう大勢の宿直当番がいて、昨夜はもしかしたら竜之助は帰ってもいいのかと期待したほどだった。

ところが、一人風邪がひどくなって、やっぱり泊まりということになったのである。

めまぐるしいほど忙しい年末だった。

竜之助は赤ちゃんのかどわかしの件で駆けずり回りながら、そちらは詳述しないが、〈空飛ぶ岩〉の奇妙な事件まで解決していたのである。

——いったい、わたしはいくつ身体を持っているんだろう？

われながら呆《あき》れるくらいだった。

すると、さっそくの客である。

「福川さん、うちの頓馬《とんま》な亭主に正月の宿直を押しつけられて、可哀そうだったわね」

入って来たのは、戸山甲兵衛のご内儀だった。

「あ、いや、そんな」

「あたしはあなたが宿直なさいって言ったのよ。そのほうがわたしもゆっくり書き初めができますからね」

ご内儀は書家なのだ。それも、矢崎に聞けば、かなり有名なのだという。

「そしたら、泊まれば泊まったで、お前は文句を言うだろう、ですって。妻をあんなに怖がっていて、満足な仕事がやれるのかしらね？」

「はあ」

なんとも言いようがない。

「これ、お屠蘇《とそ》と雑煮よ」

本当に持って来てくれたのだ。

「では、ごちそうになります」

「空いた器はうちの人の机に載せといてくださいな」

戸山のご内儀はそう言って、さっさと帰って行った。

食べようとしたところに、味見方与力の高田《たかだ》九右衛門《きゅうえもん》がやって来た。

「お、雑煮もあるのか」

「戸山さんのご内儀が持って来てくれたのです。宿直を代わってあげたお礼に」

「そうなのか」

「でも、変わった雑煮です」

「あ、ほんとだ。ほう、ずいぶん濁った汁だな」

「こんな味の雑煮は初めてです。なに仕立てなんでしょうか？」

「ちょっともらっていいか？」

「どうぞ、どうぞ」

高田は竜之助の椀から汁を飲んだ。

「これは！」

「驚きの味ですか？」

「さては、戸山の妻女は薩摩《さつま》出身だな」

「どうしてです？」

「これは豚骨で出汁《だし》を取った雑煮だよ」

「豚骨？」

竜之助も汁をすすった。

不思議なコクと旨《うま》みがある。いままで食べたことのない味である。

「薩摩では豚の骨付き肉を煮込んで、肉料理をつくるんだが、その煮込んだ汁をさらに出汁に使ったんだろうな。いろんな雑煮を食ったが、豚骨雑煮は初めてだ」

「へえ。でも、うまいです」

「まあな。ただ、豚骨を煮るときの臭いがな」

「ひどいのですか？」

「ま、嗅ぐのは戸山だからな」

高田は笑いながらいなくなった。

雑煮を食べながら、昨夜のことを思い出していた。

昨夜は、うなぎ弁当を買って帰った。

それを竜之助とやよいで食べた。売れているだけあって、うまいうなぎだった。

その隣では赤ちゃんがすやすや寝入っていた。

竜之助は、なんだか不思議な気がした。

やがて、こんな夜がやって来るような気がしたのである。何年後かは知らないが、竜之助とやよいが主人と女中としてではなく、夫と妻として晩ご飯を食べている。すると、寝ているのは竜之助とやよいの子だったりするわけである。

そんな竜之助の気持ちを察したのか、

「なんかいいですね」

と、やよいは言った。

「なにが？」

「いいえ。こんなふうに赤ちゃんがそばにいて、あたしが若さまと向かい合ってご飯をいただいているのが」

「そうか」

とぼけたが、やよいも同じようなことを考えていたのかもしれない。

急に落ち着かない気持ちになったとき、

「あ、お客さん」

「誰だ？」

玄関に行くと、なんと訪ねて来たのはおせつだった。

「お乳飲ませたほうがいいかなって思ったんで」

「おう、あげてくれよ」

ちょうど赤ちゃんもむずかり出し、抱き上げると、母親の乳に吸いついた。

やはり、やよいが口移しで飲ませる牛の乳より、母親のお乳のほうを喜んで飲んでいるみたいである。

「おせつちゃんも、お腹空いてるんじゃないの？」

やよいが訊いた。

「どこかお店に入ります。大晦日だから、年越しそばでも食べます」

「うなぎ弁当は食べちゃったけど、おそばだったらあるわよ。食べていきなさいよ。いま、支度してあげるから」

「あ、手伝います」

おせつは台所仕事を厭《いと》うようすもなく、立ち上がった。

女二人が台所で話している声が聞こえてくる。

「なんなら泊まっていけば？」

「いいんですか、ご新造さま？」

「わたしは平気よ」

やよいは、ご新造と呼ばれて否定しない。

竜之助も、ま、いいか、と思った。どうせそう思っているやつもいっぱいいるのだ。

二

このあと、竜之助は町回りに出て、そこで奇妙な事件に遭遇していた。

年末にかどわかしに遭った七歳の子どもが、なんといっきに大人になって帰ってきたのである。これは奉行所の捕物帳に〈帰ってきた大人の件〉として記された珍妙な事件で、このためにいろいろ奔走する羽目になったのだが——すでに記したことである（『空飛ぶ岩』に収録）。

とりあえず元旦と二日はそちらに時間を取られ、ようやく三日から赤ちゃんかどわかしの下手人探索に駆けずりまわることになった。

まずは、住吉町の長屋に住むお店者の信次郎の家を訪ねた。文治はほかに用事があったので、竜之助は供もなしである。

「いいかい？」

「まあ、同心さま。おめでとうございます」

「おう、おめでとう。ご亭主は？」

「もうお店に出ていますよ」

女房は赤ちゃんのおむつを替えたところだった。おなじみの臭いが漂っている。

「すみません。いま、あと始末しちゃいますので」

「おう、待ってるよ」

おむつの中にしていたウンチを厠の中に捨て、井戸端のたらいで濯《すす》いで、その水をもう一度、厠に捨てる。

やよいもこんなことをしているのだろう。お乳のことばかり考えて、下の世話のことはあまり頭になかった。井戸水は冷たいし、赤ちゃんのウンチでも一人前に臭いし、たいへんな作業である。

ざっと洗ったおむつは、あとでもう一度洗うつもりらしく、たらいの水につけてもどって来た。

「すみません。お待たせして」

「名前、円太ちゃんだっけ？」

「はい」

「どうだい、ようすは？」

「ええ。元気ですよ」

見ると、赤ちゃんは目を開けてこっちを見ている。見えているのか、音を聞いているのか、まだ反応に乏しいので、竜之助にはよくわからない。

「さらわれる前と違うところはないかい？」

「ないですね」

「亭主は大喜びだろう？」

「この子がもどったことではね」

なんか、微妙な口調である。

「どうかしたのかい？」

「この子を捜すので年末に二日、お店を休んだじゃないですか。そのとき、大事な取引があったのですが、それを急に別の人に任せることになり、結局、うまくいかなかったみたいなんです」

「なるほど」

「旦那からもきついことを言われたみたいで、今日も出て行くとき、ため息をついてました」

「だが、ことがことだけにどうしようもないだろうにな」

「お店者なんて、そんなものなんですよ。室町《むろまち》の大店に勤めているというと、羨《うらや》ましいなんて言われますが、たいへんなことばっかりなんです。だから、早く自分の店を持ちてえなあって」

竜之助は女房の愚痴に何度かうなずき、

「信次郎さんがそうなることを狙ったやつがいるんじゃないかい？」

「そうなることを狙った？」

「仲間で妬《ねた》んでいるやつとか、その取引が失敗してもらいたい業者とか」

「まさか、その人がさらったって？」

「いや、ほかに四人もさらっているから、それはないとは思うけど、おいらたちはいろんな手がかりを得たいのでね。また、訊くことがあるかもしれないんで、そのときはよろしくな」

「ごめんよ」

次に竜之助は、住吉町から堀江町にある搗き米屋に向かった。

ここはまだ商売は休んでいるようだが、表戸は開けてあった。

「あ、これはこれは同心さま」

あるじが愛想のいい笑顔を見せた。

「赤ちゃんは稲吉ちゃんだよな」

「そうです。皆から商売色が出すぎだろうって言われていますが」

「元気かい?」

「ええ。すっかり元気です。これも同心さまと、日蓮上人さまのおかげ。南無妙法蓮華経」

あるじはそう言って、竜之助に手を合わせた。

「おいらは拝まなくていいよ」

「いやあ、ですが、いっぱい寄進しなくちゃならないので大変です」

「そうなの?」

「そりゃそうですよ。大事な倅を助けていただいたのですから」

「たしか法華宗っていろいろ分かれているんだよな」

「ええ、まあ。あたしのは法華のなかでもいちばん優れた教えとされる日蓮元祖宗という教えですけどね」

竜之助は聞いたことがない。

「もしかして、そういう信心に関わることかな」

過激になった神信心が、とんでもないことをしでかすこともある。

ここは確かめておかなければならない。

竜之助は住吉町の信次郎の家に引き返した。

「ひとつ訊き忘れたんだが、赤ちゃんを産むときにどこかで拝んだり祈ったりということはしてたかい？」

「ああ、子をさずかったとわかって、四カ月目のころですかね、芝《しば》の有馬《ありま》さまのお屋敷の中にある水天宮さまが、お産にご利益があるというので拝みに行きました」

「うん、水天宮があるな」

「あとは遠出とかもつらくなってきてたので、たまにそっちの三光稲荷にお賽銭をあげてたくらいです。それがいけなかったですか？」

「いや、そんなことじゃねえんだ。悪かったな」

ここの女房は、とくに神信心に熱心だったわけではないらしい。

おせつの家の中も思い出してみた。

砥石とか書物とか気になるものはあったが、仏壇も神棚もなかった。いまのところ、どこかに拝みに行ったとかいう話も聞いていない。

やはり、その筋はなさそうだった。

三

そろそろ昼どきである。

そば屋にでも入るかと思ったが、三が日は休んでいる店も多い。

ここは八丁堀に近い。赤ちゃんがどうしているかも気になる。

役宅に引き返すことにした。

「ただいま」

「まあ、身体の具合でも？」

やよいが心配そうに出て来た。

「そんなことはないよ。ちょうど近くに来ていて腹が減っただけだ。なんか、食うものはあるかい？」

「かんたんにすまそうと思っていたんですよ」

「おいらもいっしょでいいよ。おせつちゃん、来てるの？」

玄関の赤い下駄を指差して訊いた。やよいのものにしてはずいぶん派手である。

「ええ。いま、お乳を飲ませてます」

と、奥のほうを振り向き、

「ここんとこお乳を飲ませているうち、なんとなく子どもがかわいく思えてきたみたいなんですよ」

ひそひそ声で言った。

「そういうものなのかな」

「そうみたいです。でも、あんまりそういうことは言わないようにしてるんです。あの子、ちょっと天《あま》の邪鬼《じゃく》みたいなところがあるから、それを言うと逆にかわいくないなんて言いそうでしょ」

「わかった。おいらも気をつけるよ」

竜之助はうなずき、奥に入った。

「お邪魔してます」

おせつは照れたように笑った。

「おう、おせつちゃんか。お乳を飲ませるのに来てくれたのかい。たいへんだな」

「たいへんだなんてことは」

「飯はまだなんだろ？　いっしょに食っていきなよ」

「いいんですか？」

と、やよいに訊いた。

「いいわよ。佃煮《つくだに》とおしんこだけのお茶漬けだけど」

「ああ、嬉しい」

三人いっしょに食べながら、

「やよいさまのところは、まだ赤ちゃん、できないんですか？」

おせつはいきなり言った。

「むふっ」

竜之助はむせた。

「あのね、おせつちゃん。先に言えばよかったんだけど、わたしは竜之助さまのお内儀じゃなくて、遠縁の者で女中として働いてるだけなのよ」

「え、お女中？　でも、竜之助さまは、そんなふうに接してないですよね」

「そうかい？」

「それは竜之助さまが威張ったりなさらないから」

やよいが弁解すると、

「そうなの。誰がどう見ても、似合いのご夫婦なのに」

おせつは不満そうに言った。

「あら、でも、竜之助さまには決まったお人もいらっしゃるし」

「いねえよ」

竜之助は慌てて否定した。

美羽姫は昔、許嫁ということにされたが、お互いそんなつもりはない。

「好きな人もいらっしゃるし」

「誰だよ」

これも否定するように言った。

じつは咄嗟《とっさ》に、瓦版屋のお佐紀《さき》や美羽姫の顔が浮かんだ。

だが、胸の中ではすでに、ある思いが少しずつふくらんでいるような気がしている。

それをはっきり自覚してしまったら、抑えている気持ちがいっきに高まりそうで怖いのである。

なにせ相手は恐ろしく色っぽい女……。

色香に溺れたら、鍛え上げた筋肉も剣の腕も、とろとろに溶けてしまいそうである。

竜之助のようすを見て、おせつは小声だが、

「やっぱり」

と、言った。

川のほうから浜町河岸に行こうと、大川沿いの道に向かうと、矢崎三五郎と奉行所の小者が四人ほど走っているのが見えた。

なにか起きたのだ。

竜之助も走ってあとを追った。

霊岸島の西岸に当たる稲荷河岸《いなりがし》に、十人ほどの人だかりがあった。その真ん中に筵《むしろ》が置かれてあった。

水死体が上がったのだろう。

「まったくまだ三が日だというのによ」

という野次馬の声も聞こえた。

竜之助のすぐあとから、顔なじみである検死役の同心が来た。

「よう、福川も来たのか」

「いや、たまたま通りかかったんです」

後ろから竜之助ものぞき込んだ。

男の遺体である。腰のものはなく、着流し。髷《まげ》のかたちあたりから、店のあるじか、大店の手代あたりか。

年は皺《しわ》の少なさから三十前後のようだが、水死体というのはそこらはあまり断言できなかったりする。

「溺死か？」

矢崎が訊いた。

「いや、違うよ」

と言いながら、検死役の同心は着物を開いた。腹に刺し傷があった。着物のほうに穴がないのは奇妙である。

「腹を刺され、石にくくりつけられて放り込まれたんだろうな」

足首のところがえぐられたように骨が出ていた。遺体が傷んで、縄が外れたのだろう。

懐のものがわきに並べられた。

「巾着《きんちゃく》があるじゃねえか」

矢崎はそう言って、中を見た。銭だけでなく、二朱銀もいくつかあった。

「ほう。物盗りじゃなかったようだ」

煙草《たばこ》入れも置かれた。

「いいものだな」

「そうだな」

検死役の同心もうなずいた。

「まあ、巾着と煙草入れがわかれば、身元を当たるのは難しくねえだろう」

矢崎はそこまで言って、後ろに竜之助がいるのに気づいた。

「なんだ、いたのか?」

「霊岸橋のところで、矢崎さんたちが走っているのを見かけまして」

「なるほど」

「手伝いましょうか?」

「まあ、こっちはいい。おめえは赤ん坊のかどわかしのほうを頼むぜ。あっちだって早く解決しねえと、江戸中の妊婦が安心して子どもを産めなくなる」

と、矢崎は言った。

四

竜之助は、浜町河岸に近い棚橋主水の家にやって来た。

ところが、声をかけても返事はない。中はひっそりしている。

帰ろうと思ったら、向こうから棚橋主水が来た。

「なんだ、おぬしか」

やけに赤い顔をしている。手には酒どっくりをぶら下げている。足りなくなって買って来たのか。お屠蘇などという量ではないだろう。

「ご家族はお出かけですか？」

「ああ。あれが下谷《したや》の実家にもどったのでな」

「赤ちゃんは？」

「いっしょだ」

「ご実家のお名前は？」

「訊いてどうする？」

竜之助に顔を近づけ、酒臭い息を吹きかけながら言った。

「ご新造さまにうかがいたいことがあるので」

「鬼小島《おにこじま》というのだ。珍しい名だろう」

「里帰りですか？」

「もどって来るなら里帰りだろうが」

もどって来るかは微妙なところらしい。

「みんな、あのかどわかしのせいだ」

と、棚橋は呂律《ろれつ》の回らない口調で言った。

だが、それはどうか。棚橋の家はあんな事件がなかったとしても、こうした事態は起きたのではないか。

「町方があんなかどわかしをのさばらせたからだ」

今度は町方に不平を向けた。

酔っ払いの言うことだと、竜之助は無視した。

「おい、なにか言え」

「なにを言うのです」

「かどわかしの件を詫びろ。下手人だってまだ捕まえていねえんだろうが」

「町方に落ち度はないでしょう。下手人を捜すため、こうして出歩いているのです」

「おめえみてえなやつがいくら捜しまわっても捕まらぬわ、馬鹿者」

ひどい言い草である。

こんなやつを相手にしてもしょうがない。それより、下谷の実家にうかがって、ご新造の話が訊きたい。

竜之助は、さっさと立ち去ろうとした。

「待て、この野郎。逃げるのか」

しつこい男で、追いかけて来ようとする。

こういうやつはほかにも迷惑をかけるに違いない。

竜之助は立ち止まり、棚橋が近づくのを待った。

「なんだ、こいつ。やる気か」

棚橋は左手に酒どっくりを持ったまま、刀に右手をかけた。

それでも竜之助は十手すら摑まない。

「舐めやがって。ぶった斬ってやる」

いっきに抜き放ち、斬りかかってきた。

竜之助はこれをわずかに下がるだけでやり過ごし、こぶしを棚橋の腹に叩き込んだ。

と、棚橋の家の玄関前に転がした。
その吐瀉物《としゃぶつ》を浴びないように気をつけ、崩れ落ちた棚橋の襟を掴んで引きずる
という声とともに吐いた。
「げぼっ」

下谷の実家を訪ねた。

鬼小島という珍しい名前なので、何人かに訊ねると屋敷はすぐにわかった。

御徒町《おかちまち》で百五十坪ほどの家である。

名乗ると、客間にあげてくれた。

あるじが出てきて挨拶した。

「鬼小島八右衛門《はちえもん》と申します。評定所に書役《かきやく》として出ておりまして、お奉行さまたちとはよく顔を合わせます」

「そうでしたか」

町奉行は、道三河岸《どうさんがし》のところにある評定所で、勘定奉行や北町奉行たちとしょっちゅう会議をしているのだ。

「このたびはお世話になりました」

「いいえ、まだ下手人が見つかっていないので、われわれは安心できません。それでご新造さまから、もっと詳しい話をうかがいたくて」

ちょうどお茶を運んできた。

「ああ、同心さま。このたびはありがとうございました」

「もっと早く見つけてあげたかったが、力不足で申し訳なかった」

「とんでもない。それにしても、下手人はどういうつもりだったんでしょう」

危ない橋を渡って五人の赤ちゃんを奪い、なにも危害を加えずに返してきた。まだ、目的は遂げていないのかもしれないが、ここまでしたことでは、下手人の思惑はまったくわからない。

「ご亭主をひどく恨んでいる者はいませんでしたか？」

と、竜之助は切り出した。五人に共通する恨みというのが、誰でも考えることだろう。

「職場にはいないと思います。なにせ、うちのがいちばん下ですから、恨むというのにはならないと思います。それよりは出入りしている職人さんたちが」

「なんかあったのかい？」

「うちのがあの調子で叱りますので、怖くて出て来られなくなった職人さんなどが何人もいるらしいんです」

「なるほど」

「そうした職人さんがうちの人を恨んでもしょうがないような気がします」

「ただ、ほかにも四人の赤ちゃんがさらわれていますしね。その職人が、ほかの赤ちゃんの親とつながりがあるなら疑いも濃くなるのですが」

「そうですよね」

「まったく棚橋には弱ったものです。わたしもうちの娘をあの家にもどすつもりはなくなりました」

と、鬼小島八右衛門は言った。

「はい」

余計なことを言える立場ではないが、竜之助は思わずうなずいてしまった。

「あれの上司を通して、子どもはうちで引き取ることができるよう話をしようと思っています。無事にもどったから言えるのですが、あの子がさらわれたことがうちの娘にはいいきっかけになる気がします」

「もう向こうには行かなくてもいいのですか？」

竜之助は棚橋のご新造に訊いた。

「なにも困ることはありません」

「赤ちゃんも丈夫そうでしたしね」

「おかげさまでまだお医者を呼ぶことも一度もありません」

「そりゃあいい」

「あ」

ご新造はなにか急に思い出したらしい。

「どうしました？」

「いや、こっちに来てしまったのを、お産婆さんに伝えてなかったから」

「もう産まれてしまったんだから、お産婆さんは必要ないのでは？」

「でも、産後の肥立ちが悪かったりすることもあるので、お産婆さんは産後も何度か来てくれることになっているんです」

「なるほど」

とうなずきながら、竜之助は産婆のことは考えていなかったことに気づいた。

「こちらの赤ちゃんを取り上げたのは、なんというお産婆さんだったのです？」

「へっつい河岸に住んでいるお海《うみ》さんという人です。いい産婆で頼りになりました」

「産後は来たんですか？」

「それがまだ来てなかったんです。遅いなあとは思っていたんですが」

「へっつい河岸だと、ほかの四人もだいたい近くですね」

「そうなんですか」

ただ矢崎の家はちょっと遠い。さあ、産まれるというとき、すぐに駆けつけられないのではないか。

だが、ほかの四人についても産婆が誰か確かめたい。

最初に矢崎の役宅に向かった。

「ご内儀のお産婆さんは誰だったのか、お訊きしようと思って」

「うちはへっつい河岸のお海さんですよ」

矢崎の妻は、赤ちゃんをあやしながら言った。

「お海さん！」

「どうかしたの？」

「いえ。でも、へっつい河岸とここでは、ちょっと遠くないですか？」

「お海さんは、五年くらい前までは八丁堀にいたの。それが、へっつい河岸に自分の家を買ったものだから、あっちに移ったのよ。それで、うちの子たちはずっと、お海さんに取り上げてもらってたの。だから、ちょっと遠くてもまたお海さんに頼もうと思って」

「そうだったんですか」

棚橋家も矢崎家もお海だった。竜之助の気持ちが踊っている。

すぐに自分の役宅にもどると、またおせつが来ていた。

「おせつちゃん、訊きたいんだが、お産婆を頼んだだろ？」

「うん。お海さんにね」

「やっぱりお海さんか」

たぶんもう間違いはない。五人の赤ちゃんに共通するのは、産婆がお海だったことだ。

「お海さんはどんな人なんだ？」

竜之助はおせつに訊いた。

「凄くいい人だよ」

「歳は？」

「七十くらい。十八のときからお産婆をして、もう五十年以上。自分でも三人の子どもを産んで育てたんだって」

「へえ」

「旦那さんはけっこう若いうちに事故で亡くなって、子どもも女手ひとつで育てたって言ってたよ」

「たいしたもんだ」

「産んだあとも来てくれるって言ってたけど、なんで来てくれないんだろう？」

おせつは不安げな顔をした。

住吉町の信次郎、堀江町の搗き米屋を訪ねて訊くと、やはり産婆はお海だった。

しかも、お海の評判はよかった。

下手人かもしれないということは言わなかったが、お海の人柄から悪事に加担することは考えられなかった。

いよいよへっつい河岸のお海の家を訪ねた。

五

お海の家はいいところにあった。

へっつい河岸というのは、浜町堀からちょっと横に入った堀沿いにつくられた河岸である。舟で運んで来た荷物や魚、野菜などで商売をするにはぴったりのところだろう。

すぐ近所には、有名な〈笹巻毛抜寿司《ささまきけぬきずし》〉の店もある。

お海の家は、奥に入ったところではなく、河岸の真ん前にあった。間口は二間半くらいで、二階建ての家である。

——産婆の住む家ではなさそうだがな。

竜之助は二階を見上げながらそう思った。

むしろ、二階の窓の下に看板を出し、一階で商売をするのにふさわしい家である。

真ん前は大名屋敷だが、ここらは人通りも多く、なんの商売をやってもそこそこ繁盛するのではないか。

「ごめんよ」

声をかけて腰高障子を開けた。

返事はない。

「お海さん、いないかい？」

もう一度、二階にまで聞こえるような声を出したが、それでも静まりかえっている。

やはり留守らしい。

隣の甘味屋は初売りから店を開けていたので、顔を出して、

「お海さんは留守かい？」

と、訊いた。

「そうなんですよ。どうしたんだろうね。年末から顔が見えなくなって、昨日あたりもお産を頼んでいた家が呼びに来て、いないんで怒って帰ってしまったんですよ」

「お海さんは一人暮らしかい？」

「いまはね。でも、娘二人は近くに嫁に行ってるし、倅が落ち着いたらここに来るだろうって」

「落ち着いたら？」

「あたしも会ったことがないから、よく知らないんですよ。娘さんたちはよく顔を出してるから、正月は娘さんのところに行ったんですかね。でも、産婆には正月もお盆も関係ないからとは、よく言ってましたよ」

「ふうむ」

なにか解せない。

二階などに上がって、いろいろ調べたいが、まだそこまでするほどではないかなどと迷っていると、

「なんでしょう？」

四十過ぎに見える女に声をかけられた。竜之助が町方の同心の恰好《かっこう》だからだろうが、怯えた顔をしている。

「お海さんに会いたいんだが、あんたは？」

「娘ですが。おふさといいます」

「いねえみてえなんだよ」

「まだもどってないんですか？」

と、座敷のほうに上がり、

「あ、どうしたんだろう？」

顔色を変えた。

「なにかあったかい？」

「昨日、おせちの重箱を持って来て、ここに置いて行ったんですが、まったく手をつけていないんです。どうしたんだろう？」

「二階は？」

急病で倒れたりしているのかもしれない。

「ちょっと待ってください」

二階に駆け上がり、しばらくばたばたと音をさせていた。さらに下に降りると、厠のほうものぞいて来たらしい。

「いません」

「まずいな」

「なにかあったんですか？　同心さまが来るなんて？」

「うん。じつは、この界隈で年末に赤ちゃんだけが五人もつづけざまにさらわれるという騒ぎがあったんだよ」

「まあ」

「幸い赤ちゃんは全員無事にもどったんだけど、その五人に共通しているのは、お産婆さんがお海さんだったってことなんだ」

「えっ？　どういうことなんです？　まさか母がその下手人だと？」

「それはありえないとは思う。ただ、いまここにいないということは、なんらかのかたちでからんでいるんじゃねえかな。無理やりでもなんでも」

「あたしにはまったくわかりません」

「いちばん最近お海さんに会ったのはいつ？」

「暮れの二十八日でしたが」

「とくに変わったようすはなかったかい？」

「いつも通りでした」

「正月の予定とかは言ってなかったかい？」

「赤ん坊はいつ産まれてくるかわからないので、正月とかはずうっと関係ない暮らしでした。ただ、すぐ箸をつけられるおせちは、あたしがつくってきてやるとは言ってありました」

「あんたたちは、ほかに兄弟がいるんだよな？」

「はい。あたしが長女で、妹とその下に弟がいます」

「倅の家に行っているというのは考えられねえかい？」

「考えられません。それはぜったい、ありえません」

強く否定した。

「なんで？」

「じつはぐれてしまって、勘当同然みたいになってるんです」

「でも、倅がもどったときに、店でもできるように、この家を買ったって、お隣の人に聞いたぜ」

「そこは親心なんでしょうね」

「たまには金をせびりに来たりもするのかい？」

「いいえ。母は厳しいですから、ろくでもない金はぜったいに与えないと思います」

「ふうん」

なんか気になる。

「倅はなんていうんだい？」

「善太《ぜんた》です」

「善太に会いたいね」

「善太が下手人なので？」

「それはわからない。おいらたちはどんな手がかりでも追いかけるんでね」

「もしかしたら、善太は深川の妹のおよねのところに顔を出しているかもしれません。妹も母といっしょで亭主と死に別れ、独り身でいますので、あたしのところより行きやすいみたいです」

「いっしょに行ってくれるかい？」

「わかりました」

深川もあまり奥には行かない、永代橋《えいたいばし》を渡って右にすこし行った相川町《あいかわちょう》に、妹の住まいはあった。

ちょうど家にいて、出かける仕度をしているところだった。

「あら、姉ちゃん」

顔はよく似ているが、妹のおよねのほうが年上に見られてもおかしくないかもしれない。

「こちらは南町奉行所の同心さま」

「なにか？」

「おっかさんがいなくなったの」

「え？」

「二十八日にはあたし会ってるの。でも、昨日も今日もいないの」

「そうなの。あたしも元旦にちらっと顔出したけど、やっぱりいなかった」

「それで、善太のところじゃないかっておっしゃるんだけど、善太のところにはね」

「あれは、たぶんバクチ打ちの親分のところに居候してるんです。あたしらも、その家は知りません。母は行くわけないですよ」

およねもきっぱりと言った。

「そうなのか」

「あんたのところに善太来なかった？」

姉が妹に訊いた。

「昨日の夜、来てたよ」

「なんかおかしなところはなかったかい？」

「とくには。もしかしたら、今夜も来るかもしれません」

「ほう」

この家を見張らせることにした。

六

三が日も過ぎて、この日は正月の四日である。

昨夜——。

善太は深川の次姉の家に現われなかった。

だが、なんとしても捜し出したい。

今日はどういう動きをしようか思案しているところに、

「身元が割れねえんだよ」

矢崎が頭をかきながらやって来た。

「例の水死体ですね」

「ああ。けっこう手がかりはあるように思ったんだがな」

「そうですよね」

「おめえ、ちっと見てくれねえか？」

「おいらは、赤ちゃんのほうで手いっぱいでして」

「産婆がいなくなったってやつか？」

「ええ、早く無事を確かめないと」

「大丈夫だよ。赤ん坊だって無事に帰ったし。ちょっと見て、おめえの意見を聞かせてくれ」

どうやら手づまりらしい。

竜之助は、台に並べられた遺品を見た。

巾着。

煙草入れ。

家紋入りの羽織。

着物。

帯。

ひとつずつ丁寧に見る。どれもいいものである。

「みんな、つくったところや、売っているところがわかるものばかりじゃないですか」

「そうなんだ。ところが、それぞれを当たったら、買ったやつはどうも別の人間みたいなんだよ」

「ははあ」

「なにかわかったか？」

「いや、まだわかりませんが、これはありすぎですよね？」

「え？　どういう意味だ？」

「万が一、死体が浮かぶようなことがあっても、身元をたどれなくさせたんじゃないでしょうか」

「だったら、裸にしておけばいいじゃねえか」

「それだと、町方を混乱させることはできませんよ」

「なんて野郎だ」

「巾着と煙草入れは、つくったところから買い主が見つからないのは、たぶん掏《す》られたものなんでしょう」

「なるほど」

「巾着長屋のお寅《とら》さんに訊いてみてはどうです？」

女スリだが、さびぬきのお寅という綽名《あだな》を持ち、大勢の子分をしたがえている。日本橋あたりで掏られたものなら、巾着長屋に入った可能性は高い。

「お寅に訊いたって答えるわけねえだろうが。しらばっくれて、それ以上は突っ込みようがねえ。無理に吐かせようなんてしてみろ。二、三日中には、南の同心全員の懐から、十手と巾着が抜かれ、江戸中に大恥をさらすことになる」

「へえ。そんなに凄い人なんですか」

「おめえなんざ鼻であしらわれるぜ」

だが、竜之助はお寅になんとなく親しみを覚えている。それに、数日前も本郷《ほんごう》の大海寺《たいかいじ》で座禅をいっしょに組んだばかりである。

「でも、訊いてみるだけ訊いてみますよ」

文治を連れて神田の巾着長屋に行った。

「おや、福川さま」

「お寅さんに訊きてえことがあって」

「なんでしょう？」

「この巾着と煙草入れなんだが、殺された男が持っていたんだ」

「はい」

「いいものなんで売っているところはわかった。だが、買った人はだいぶ年寄りで、殺された男とは違うみたいなんだ。それで、おいらはいったん掏られたものなんじゃないかと思ったのさ。それを殺した男の懐に入れておけば、身元を当たろうとしても混乱するだけだからさ」

「かなり悪いやつですね」

「うん。それで、この巾着と煙草入れが、もしかしたらここからどこかの店にもう一度流れたんじゃないか。それを教えてもらえねえかと思ってさ」

「ちょっと待ってくださいね。いま、訊いて来ますから」

お寅はそう言って、長屋の奥に入って行った。

竜之助は中の上がり口に腰をかけて待っていた。

やがて、お寅がもどって来て、

「誰が掏ったかは言えませんよ」

「ああ、かまわねえよ」

「ここの一人が日本橋の上で贅沢《ぜいたく》な身なりの年寄りから掏りました。それで中身はいただいて、巾着と煙草入れは知り合いの古道具屋へ持って行こうとしていたのですが、昔の知り合いが買いつけに来て、買って行ったそうです」

「昔の知り合い？」

「はい。安五郎《やすごろう》という男で、昔、掏りをしていたそうです。ただ、腕が悪くて足を洗い、いまはどこかのお店者になっているそうです」

「どこの？」

「それは言わなかったそうです。ただ、雰囲気では、金貸しみたいなところじゃないかと言ってました」

「わかった。助かったぜ」

「福川さま。この話はここまでってことで」

お寅はぴしゃりと言った。


竜之助が奉行所にもどってわかったことを告げると、

「安五郎というお店者。金貸し。なんとか捜せるかもしれねえな」

と、矢崎はにんまりして言った。

「じゃあ、おいらは赤ちゃんの事件のほうを追いかけますから」

「ああ。助かったぜ。それにしても不思議だな」

「なにがです？」

「あのお寅がよくおめえにそこまで教えてくれたもんだ」

「そうですか？」

「ああ。ぜってえ訊き出せるわけがねえと思ったよ」

「よほどおいらの迫力にびびったのでしょうか」

「ぬかせ」

と、矢崎は笑った。

だが、竜之助自身、不思議だったのである。

教えてくれたことは、あの長屋の者が掏りであり、さらにそこから巾着や煙草入れが横流しされているという事実を認めたことにもなるのだ。

そんなこと、掏りの親分が町方の同心に教えるものだろうか。

――いっしょに座禅を組んだのがよかったのかもな。

竜之助はなんとなくありがたいような気持ちになった。

七

この日には、早くもお裁きが始まった。

竜之助は亀次のお裁きに立ち会いたかったが、品川のほうで攘夷《じょうい》浪士たちに不穏な動きがあるというので昼からはちょっとだけだがそっちに応援に行かされたりして、もどったときは裁きも終わっていた。年末年始、まさに東奔西走の忙しさである。

ほんとはもうすこし家にいて、赤ちゃんの世話やきを手伝ってやりたいのだが、とてもそんな暇はない。それでも、おせつが毎日やって来て、お乳を飲ませたり、おむつを洗ったりしてくれるらしい。

「もしかしたら、いまどきの母親になって、なんとかやっていけるかもしれないですよ」

と、やよいも言っていた。

その夫である亀次のほうだが——。

翌五日のお裁きで、江戸所払いと決まった。

もうすこし軽い刑かと思っていたが、珍玉堂のあるじと娘が激怒して、

「獄門首にしてください」

と、泣きながら訴えたためだという。

「しょうがありません」

と、亀次は納得していた。江戸所払いとは言っても、江戸に足を踏み入れられないわけではない。江戸市中に住めないだけで、立ち寄ったということで元の住まいを訪ねたりすることはできるのだ。

だが、食える道を探さないといけない。

「川崎《かわさき》あたりでぼて振りからやり直します」

と、亀次は言った。それなら、しばらくはその仕事を見つけるだけでもたいへんだろう。

「倅に会いたいだろう？」

「もちろんです」

「おせつはまだ怒ってるぜ」

「そりゃそうでしょうね」

だが、赤ちゃんに会わせてやることにした。それを励みに、一生懸命更生の努力をするように思えたからである。

奉行所から送り出す前に、やよいが抱いて来た。

「ほら、この可愛い倅のためにも頑張るんだぜ」

「はい。ありがとうございます」

亀次はじいっと見つめ、妙な顔をして言った。

「旦那。これ、うちの子じゃありませんぜ」

第四章　額の星

一

　おせつに事情を訊こうと、やよいとともに小網町の長屋に行った。赤ちゃんはやよいの腕の中ですやすやと眠っている。産まれたばかりの赤ちゃんも、夢を見るのだろうか。いずれにせよ、こんな騒ぎなどどこ吹く風なのだろう。

「おせつちゃん……」

　声をかけたが返事はない。

　おせつはどこかに出かけてしまったらしい。

　隣の家のおかみさんに訊くと、

「あの子はいつもふらふらしてますからね。まったく子どもなんか産んじゃって、育てていけるのかしらねえ」

しかめ面をして言った。

たしかに、傍《はた》で見てると不安になるだろう。

「役宅のほうで待つか」

と、八丁堀に引き返した。

「竜之助さま。この子がおせつちゃんと亀次の子でないとしたら、どういうことなんでしょう？」

と、もどる途中でやよいは訊いた。

「いったんさらわれて、もどってきたときは、違う赤ちゃんになっていたんだろうな」

「でも、おせつちゃんはまったくそんなそぶりを見せてなかったですよ」

「そうだよな」

竜之助が見てもそんなふうである。

まったく、この事件は謎だらけである。

役宅に近づいた。

「あれ？」

竜之助はすっかり忘れていたことを思い出した。

「どうしました？」

「そういえば、猫の赤ちゃんをもらうって話はどうなった？」

「ええ。いま、人の赤ちゃんを預かって面倒見なくちゃいけないので、もうすこし待ってくれるよう頼んでおいたんです」

「なるほど」

たしかに仔猫の世話どころではない。しかも、仔猫がうろうろして、赤ちゃんを引っ掻いたりするかもしれない。

「うちは、順にもらわれて最後に残った赤ちゃんでもいいからって、おゆきちゃんに言っておきました」

「そうだな」

竜之助は、何色の猫でも別にかまわない。むしろ、なにが残るか楽しみである。

役宅に入り、ここでおせつが来るのを待っているか、それともお海の倅の善太を調べに行くか迷っていると、おせつがやって来た。

家に入ると、すぐ赤ちゃんをのぞき込むあたりは、ずいぶん愛情も育ってきているように見える。

「あのなあ、おせつちゃん。今日、お裁きがあって、亀次は江戸所払いに決まったんだよ」

「そうですか」

「それで、しばらく会えねえだろうと、赤ちゃんを亀次に会わせたんだよ」

「ふうん」

あまり嬉しそうではない。珍玉堂の婿になっていたことを怒っているのだろう。もっとも怒るのは無理もない。

「すると、あいつは不思議なことを言ったんだよ」

「なんて？」

「これはうちの子じゃないって」

そう言って、竜之助はおせつの顔色の変化をうかがった。

「馬鹿じゃないの」

おせつは憤慨した。

「でも、亀次だって赤ちゃんの顔はずっと見ていたんだろう？」

「男はわかんないんだよ。自分でお乳あげたりするわけじゃないからね」

「そりゃあ、まあな」

竜之助もそこらを言われると自信がない。

「この子はあたしの子だよ。それは自信を持って言える。ただ……」

急に口ぶりがおかしくなった。

「なんだい？」

「この前は違う気がしたんだよ」

「この前は違う？」

「いなくなる前、あたしも疲れてぼんやりしてたんだけど、この子、ほんとにあたしの子なのかなって気がしたんだよ」

「だから、あんまり可愛がらなかったの？」

と、わきからやよいが訊いた。

「だからってわけじゃないかもしれないけど」

自分でもはっきりしないらしい。

だが、「奉行所で育ててくれ」などと、皆を呆れさせたようなことは、あれ以来口にはしていない。

いまのおせつは、いくらか危なっかしい感じはするが、ちゃんと母親のように見える。

「やよい、それだ」

と、竜之助は言った。

「どういうことです？」

「五人の赤ちゃんがいなくなった理由だよ。赤ちゃんを捜していたんだ。それで、見つかったのはおせっちゃんの子だったんだ」

「どういうことなのか、よくわからないのですが」

「捜していたのはおせっちゃんの赤ちゃんで、大晦日の朝、取り替えた赤ちゃんを置いていったんだ」

「じゃあ、おせっちゃんの子はいまもさらわれているのですか？」

「いや。あのとき、さらわれたのは、じつはおせっちゃんの子ではなかった」

「ああ、あたし、なにがなんだかわかりません」

「つまり、おせっちゃんの子は、たぶん二度さらわれたのさ」

「二度も？」

「最初に産まれたばかりのほんとの赤ちゃんがさらわれた。おせっちゃんの元には、交換されたほかの子がいた。それから、もう一度、その赤ちゃんがさらわれた。同じころ、ほかの赤ちゃんもいっしょにさらわれた」

「どうして？」

「捜したんだろう。お海が取り上げた赤ちゃんのなかに、捜す赤ちゃんがいると考えて、同じころ産まれた赤ちゃんをさらった。そして、おせつちゃんの赤ちゃんがそうだった。そしてもう一度交換し、元の赤ちゃんがもどって、いま、ここにいる」

「これが」

「だが、亀次がよく見たのは、その交換されていた別の赤ちゃんだった。だから、違うと思ったんだ」

赤ちゃんが泣いた。

顔を真っ赤にし、息が止まってしまうのではないかと思うくらいいきみ、力いっぱい息を吐き出した。

「どうしたんだろう？」

竜之助は心配になったが、女たちは落ち着いたものである。

「よぉし、よし、よし」

おせつは抱き上げてあやしながら、

「そういえば」

と、なにか思い出したらしい。

「どうした、おせつちゃん？」

「さらわれる前の子、泣くとここに星が出たの」

と、赤ちゃんの眉間のところを指差した。

赤ちゃんはあやされて安心したらしく、すぐに泣きやんだ。

「星？」

「皺なんだけど、星のかたちになっていたの。ほら、この子にはないでしょ」

「そうか」

もしかしたら、さらった連中もそれを目印みたいにしたのかもしれない。

「でも、なんで五人もいっぺんに？」

と、やよいが訊いた。

「たぶん、産まれたばかりの赤ちゃんは区別がつけにくい。それで、五人を比べ、捜していた赤ちゃんがわかったから、あの日本橋のたもとに置いたんだろうな」

「なるほど」

「ちょっとひとっ走りして、ほかの赤ちゃんが間違いなく自分の赤ちゃんかどうか、訊いて来よう」

そう言って、竜之助は外に飛び出した。

二

竜之助は凄い勢いで、矢崎家、搗き米屋、お店者の信次郎の家、そして下谷の鬼小島家を回ってきて、

「やっぱり、ほかの赤ちゃんたちは間違いないみたいだ」

と、言った。

「皆、本人なんですね」

「ああ。それで、さっきおせつちゃんが言った、眉間の星のことも訊いたんだ。泣き顔も見たけど、そんな特徴はまったく気づかなかったそうだ」

「そうですか。でも、よかったですね」

眉間に星が浮かび上がる赤ちゃんがいたりすると、また、わけのわからないことになるのだ。

「ということは、その、眉間に星が浮かぶ謎の赤ちゃんがもう一人いることにな

るよな」

「はい。おせつちゃんのところに来て、ふたたびいなくなった赤ちゃんですよね」

おせつは二人の話を聞き、

「あの子、どうしてるんだろう？」

と、不安げな顔をした。

「やはり、カギはお海が握っているな」

竜之助は立ち上がり、お海の家に向かった。

へっつい河岸は、荷揚げの舟で混雑していた。正月ののんびりした気分は去り、いつもの江戸の慌ただしい日々がもどりつつある。

お海の家には、おふさとおよねの姉妹が来ていた。二人並ぶと、化粧までがよく似ている。

「あ、同心さま。じつはお訪ねしようかと思っていたんです」

姉のおふさが言った。

「なんかあったかい？」

「無くなっているものがあります」

「なに？」

「出産日誌です」

「日誌？」

「お産を引き受けた家の名を記し、無事、産まれるまでの経過を書いたものなんです。古いものはありますが、ここひと月分ほどのものが見当たりません」

「なるほど」

もしかしたら、かどわかしの下手人はそれで当たりをつけたのかもしれない。

「お海さんが手がけた五人の赤ちゃんが、かどわかしにあったんだ。それは、先月あたりに産まれた赤ちゃん全員だったのかな？」

「え？」

「もしかして、さらわれていない赤ちゃんもいるのかなって思ったんだよ」

「ああ、なるほど」

さらわれていなければ、事件に関係ないと考えがちである。

だが、事情を知っているから騒がないだけで、じつはさらわれたりしたのかもしれない。

つまり、いちばん最初におせつの赤ちゃんと替えられた、眉間に星が浮かぶ赤ちゃんも、お海の産ませた赤ちゃんだったかもしれない。

「お海が取り上げたのは男の子だけとは限らないよな」

「そうですね」

「あの五人は男の子ばかりだったから、女の子は無事だったかもしれない」

「なるほど」

おふさがうなずき、

「日誌がないとわからないよね」

およねがそう言った。

「産婆さんというのは、ひと月に何人くらい患者を持つんだい？」

「じつは、あたしも産婆をしてるんですが」

と、妹のおよねが言った。

「そうなのか」

「赤ちゃんはかならず十月十日で産まれるとは限らないので、あんまりお産を引き受けると、重なってしまうこともあります」

「だろうな」

「ただ、そういうときはほかの産婆に替わってもらったりもします。あたしもそれで呼び出されたりしたことは何度もあります」

「なるほど」

「うちのおっかさんは昔からしてますし、昔取り上げた子が、さらに子どもを産むなんてこともしょっちゅうです」

「孫みたいなもんだ」

「一度、うちのおっかさんに頼んだ人は、その次の子も頼んできたりします。安心して産めるんでしょうね」

「同心の矢崎さんとこもそうみたいだった」

「だから、依頼は多かったですよ。とくに年末はめちゃくちゃ依頼が多かったと言っていたから、十二月だけでも七、八人くらいは引き受けたかもしれませんね」

「この界隈でな」

やっぱり、お海を探す仕事は続行したほうがいい。

三

「ところで、善太はあんたのところに金を借りに来てたのかい?」

と、およねに訊いた。

「そうじゃないです。預かってもらいたいと、持って来てたんです」

「なにを？」

「熊のおかしな置き物なんですよ」

「熊の置き物？」

「正月の縁起物だって。熊なんか縁起物になりますかね。しかも、もう正月も終わっちまいますよね」

熊の縁起物というのはあまり聞かない。干支にもないし、姿もあまりおめでたそうには見えない。

「それ、見せてくれねえかい？」

「いいですよ」

深川の家に行った。

およねは早足である。それを言ったら、

「産婆はいつも急きたてられるから、早足じゃないとやっていけないんです」

とのことだった。

永代橋を渡りながら、失礼とは思いつつ、

「およねさんは、ご亭主は？」

と、竜之助は訊いた。

「いたんですが、離縁したんです。ほかに女をつくられて」

「ほう」

「あたし、我慢できないんです。よそに女をつくられるなんてことが。産婆という仕事を持っていておまんまを食っていく自信があるでしょ。だから、我慢して、亭主の嫌なところにも目をつむって暮らすなんてことはできないんです」

「それでいいと思うなあ。そんな我慢、しちゃ駄目だよ」

と、竜之助は言った。

「皆に我慢しなくちゃ駄目だって言われましたよ」

「いや、我慢していいことなんかあんまりないと思うぜ。おいらは女の人もどんどん仕事をして、強気で生きていくべきだと思うぜ」

「ですよね」

「意外と多いと思うよ。およねさんみたいな女は。江戸の町人の女たちは、無駄な我慢なんかしてねえなあってしょっちゅう思ってるんだ」

駄目なのは武家の女だと思う。もし竜之助が嫁をもらうときがきたら、変な我慢なんかして欲しくない。言いたいことはなんでも言ってもらいたい。

およねの家に着いた。

ところが、家に入るや、簞笥《たんす》の上を指差して、

「あれ、無くなってる？」

と、首をかしげた。

「出るときはあったのかい？」

「はい。ずっとここに置いていたんですが。ほかに無くなったものなんかないから、たぶん善太が取りに来たんだと思います」

「どんな熊だったんだい？」

「可愛らしい熊でしたよ。あんまり見たことがないんで、どうしたんだと訊いたら、頼んでつくってもらったと言ってました」

「くわしく描いてみてくれねえか？」

竜之助が頼むと、およねは紙と筆を出し、熊の絵を描いてくれた。

あいにく絵は得意ではないらしく、立ち上がった亀みたいな熊の姿になった。

「熊ったって、本物っぽくないんですよ。毛皮みたいになっているわけじゃないし」

「重くなかったかい？」

「いいえ。紙の張り子ですもの」

「中になにか入っていることは？」

「なかったと思いますよ。ただ」

「なに？」

「手のところに文字みたいなのが」

「文字？」

「そう見えたってだけなんですが、こう立ってんですが、右のほうの手に二の字が、左の足のほうに五みたいな字が見えたんです」

そう言って、熊の絵の手のところに、二と五の字を入れた。

「ほう」

それはなにかある。

秘密の合図かもしれない。

合図だったら相手がいる。

「善太には友だちはいねえのかい？」

「どうですかね。あ、一人いました。しょっちゅう仕事を変えてるやつが。かざり職人をしていましたね」

「名前は？」

「伝吉《でんきち》といいました」

「家はわかるかい？」

「あたしたちが八丁堀にいるころからの友だちで、新場橋《しんばばし》を渡って、新右衛門《しんえもん》町《ちょう》の裏店《うらだな》でした。長屋の名はわかりませんが、畳屋のわきの路地を入って行ったと思います」

「それでわかると思うぜ」

「善太はとんでもないことをしでかそうとしてるんでしょうか？」

「それほどでもないと思うが」

まだわからない。

「善太ってだらしないところはあるけど、やくざの仲間みたいになるとは思わなかったんです。気持ちはやさしい子でしたし。どこでおかしくなってしまったのか。一度、所帯を持って、すっかり立ち直ったと思ったんですが」

「なにかあったのかい？」

「理由はわからないんですが、離縁して、またおかしくなったんです。いい嫁を見つけて安心していたんですけど」

「ま、いまは心配しすぎないことだよ。それに、お海さんだって捜さなければ」

「おっかさんが善太といっしょにいるってことは？」

「それもわからない。とりあえず、その伝吉と会ってみるよ」

竜之助は、新右衛門町に向かった。

四

深川から新右衛門町に行くには、八丁堀を横切って行くことになる。寄る暇はないが、自分の役宅の前を通ると、

「あ、福川さま！」

文治が家の前にいた。

「どうした？」

「よかった。捜していたんです」

「なんかあったのかい？」

「金貸しで働く安五郎を見つけました」

お寅の巾着長屋から、巾着と煙草入れを買って行った男である。

い。

「よし」

善太の友だちにも会いたいが、お寅から仕入れた話なので最後まで追いかけた
竜之助は文治とともにその店に向かった。

江戸橋に近い照降町《てりふりちょう》だという。

「そこです」

文治が指差したのは、間口十間ほどの大きな店である。

〈佐渡屋〉という看板が出ている。

「両替商か」

「ええ、金貸しもしていて、幕臣にも借りている者は多いみたいです」

「安五郎は？」

「手代をしています。呼び出しますか？」

「いや、ちょっと待ってくれ」

安五郎を問い詰めたいが、そうするとお寅から洩《も》れたとわかる。すると、お寅
にどんな迷惑がかかるかわからない。

「ちょっと一回りしてみよう」

高い塀をめぐらせている。

裏に来ると、佐渡屋の一角が火事で焼けているのに気づいた。

「火事が出たんだな？」

「そうみたいですね」

「小火《ぼや》くらいで消えたみたいだが、怪我人とかはいなかったのかな？」

「誰かに訊いてみましょう」

近くに惣菜屋が出ていて、文治がそこのおかみさんに訊いた。

「あの火事はいつごろのもんだ？」

「暮れの二十四、五日でしたか」

「小火で済んだみたいだが、怪我人とかはいたのかい？」

「怪我人どころか、おかみさんと息子が亡くなったんです。火はすぐに消せたんですが、煙を吸ってしまったみたいで」

「息子もか」

「まだ三歳でしてね。跡継ぎだったんですよ」

「そりゃあ可哀そうに」

わきで聞いていた竜之助は、一瞬、この店が赤ちゃんのかどわかしとつながっているような気がした。

だが、ここは大川に上がった殺しに関わるところで、赤ちゃんのかどわかしとは関係がない。

どうやら、頭が混乱しかけているかもしれない。

ただ、ここ照降町は、今度の五件のかどわかしがあった場所と近い。赤ちゃんたちが置かれた日本橋までもすぐである。

「文治。佐渡屋について知りてえな」

と、竜之助は言った。

「江戸の金融業を担当しているのは、与力だと高田さまですよね」

「そうか、高田さんだったか」

意外である。

高田が詳しいのは、同心の働きぶりと食いものの味だけかと思ったら、金融業についても詳しいのだという。

「じゃあ、高田さんに訊こう」

南町奉行所に向かった。

五

奉行所にやって来ると、矢崎と大滝《おおたき》が飛び出して行くところだった。

「あ、矢崎さん。どちらに？」

「呉服町《ごふくちょう》だ。大川の死人の身元がわかったんだよ」

「そいつはよかったですね。それと、文治がお寅のところから巾着と煙草入れを買って行った男も突き止めましたよ」

「お、そうか。それはもどってから聞くよ」

矢崎たちは飛び出して行った。

竜之助は高田九右衛門のところに行き、

「両替商の佐渡屋について教えてもらえませんか？」

と、訊いた。

高田は、台の上に紀州産と伊予産と備前産のみかんを山のように並べ、味くらべをしているところだったが、

「佐渡屋だと？　あそこはやばいところだぞ」

顔をしかめて言った。

「やばい？」

やくざが使う言葉である。高田にはあまり似合わない。

「ここんとこ強引な商売をしていて、よく揉めごとを起こしているんだ。近ごろでは、同じ両替商で、小伝馬町《こでんまちよう》の満須屋と客を取った取らないで揉めているみたいだ」

「揉めているというと？」

「いまのところ表面には出てきていないが、互いにつぶそうとしているのだろうな。相手の借金を自分のところに集めて、貸し倒れを狙ったり、どうもあいつらのやることは複雑怪奇でな」

高田はうんざりしたような顔をした。


一方――。

奉行所の前で竜之助とすれ違った矢崎三五郎は、日本橋近くの呉服町にやって来た。

遺体からつくった似顔絵と、身体の特徴なども記したものを日本橋周辺の番屋に貼っておいたのだが、それを見た人から、

「呉服町の飴屋の国蔵《くにぞう》さんじゃないか」

という話が出たのである。しかも、このところまったく見かけないらしい。

矢崎たちが国蔵の飴屋を訪ねると、店は閉まっている。

小さな飴屋である。

こういう店は、お年玉をもらった子どもが買いに来たりするので、いまどき開けていないのはおかしい。

「ここ、家族はいなかったのか？」

隣の塗り物屋のあるじに訊いた。

「いました。女房が」

「いねえぜ」

「どこ行ったんでしょう。いい女だった。名前はおしの、だったかな。年末に赤ん坊が産まれていたから、実家に見せにでも行ったんじゃないですか」

「赤ん坊が？」

矢崎は首をかしげた。

「実家はどこかわかるか？」

「いや、そこまでは聞いてませんね」

「おい、もしかしたら中でなにか起きてるかもしれねえ」

矢崎が顎をしゃくった。

連れてきた中間《ちゅうげん》三人が、閉まっていた戸をこじ開け、中に入った。

「国蔵さん、なんかやりましたかい？」

わきから塗り物屋のあるじが訊いた。

「死んだよ」

「死んだ？　病気かなにかで？」

「いや、殺されたんだ。大川に放り込まれていたよ」

「国蔵さんが殺されたですって？」

塗り物屋のあるじは愕然となった。

「そんなふしはなかったのか？」

「いやあ、国蔵さんが殺されるなんて、信じられねえですよ。飴屋なんて、女子どもに人気の商売をしてましたが、当人は町人のくせして滅法喧嘩が強かったんです。剣術も習っていたし、こう言ってはなんだが、そこらのお侍でもまず敵わなかったと思いますぜ」

「ほう」

「斬られたのですか？」

「腹に刺し傷があった」

「刺されたんですか。国蔵さんが？」

何度も首をかしげた。

そのとき、家の中を見ていた中間たちが出てきた。

「どうだ？」

「誰もいません。用意していたらしい餅もそっくり残っていて、正月を過ごした気配もありません」

「ふうむ」

矢崎は腕組みして唸った。

「どういうことだ？」

わきから大滝が訊いた。

「さあ」

どうも訳がわからないできごとが進行しているらしい。

矢崎の脳裏に、福川竜之助の暢気《のんき》そうな笑顔が浮かんだ。

六

佐渡屋の見張りを文治に頼み、竜之助は新右衛門町の善太の友だちのところに行った。

畳屋は一軒しかなく、その路地をぐった。

こぎれいな、独り身の住まいにしては勿体ないような長屋だった。

井戸端にいたおかみさんたちに訊くと、

「伝吉さんはそこに住んでました」

指差した家には、

「貸し家」

の札が斜めに貼ってあった。

「いまはいねえのかい？」

「越して行きましたよ」

おかみさんに混じって、大根を洗っていた男が言った。

「いつ？」

「年末です。正月中には上方《かみがた》に行くって」

「あいつ、やばいことしてるかもしれませんね」

「上方に?」

「一発当たるかもしれねえって、嬉しそうに言っていたんです。富くじでも買ったのかって訊いたら、そんなもんだと言ってたんですが」

「一発か」

「伝吉は博打《ばくち》好きでしたからね」

「ははあ」

それでなんとなく見えてきた。

やはり熊の置き物というのは、なにかの合図に使うのだ。

伝吉は、善太の仲間であることを隠し、博打に加わる。次に出る目を善太が伝吉に合図を送る。それが、熊の置き物でわかるのだ。

次の目が二なら、右の手を斜め上にさりげなく上げる。

ああいう場だと、どっちがどっちかわからなくなったりするが、わきに熊の置き物があれば、間違えることはない。

伝吉はその目に張って、大儲けをする。

それをあとで、二人で山分けにするのだろう。

年始早々の大きな賭場なのだ。大金が行ったり来たりする。そこに善太のってでもぐり込ませたに違いない。

その儲けた金で上方にでも行こうとしているのだろう。

だが、そんなうまいこと、いくわけがない。

矢崎から聞いたことがある。博打で儲けるなんてことが素人にできるわけがないと。あれは胴元が儲かるようになっているらしい。

——やめさせないといけない。

竜之助はいくつかのぞいたことがある賭場を思い出した。どこも、簡素なつくりの部屋になっていた。

あんなところに熊の置き物なんか置いたら、目立って怪しまれるのではないか。

そういうものがあっても目立たない賭場なのかもしれない。

賭場のことは矢崎が詳しい。「悪党が集まるところだ。なにかあれば、まず見張らせるところだ」とも言っていた。

——矢崎さん、どこに行くって言ってたっけな？

思い出した。たしか呉服町と言っていたはずである。

竜之助は、凄い勢いで走り出した。

七

途中、照降町に寄って、佐渡屋を見張っていた文治を拾った。こういうとき一人で動くと、連絡役に困ったりするのだ。

文治とともに呉服町の町並みに駆け込んで行くと、前方に矢崎と大滝が立っているのが見えた。

「矢崎さん！」

「おう、福川。ちょうどいいところに来た」

「なにか？」

「死体の身元がわかった。この飴屋のあるじらしいんだ。名前は国蔵というらしい。ところが、妙なことになってるんだ」

「妙なこと？」

「国蔵には、おしのという女房がいた。それが年末に赤ん坊を産み、しかも、いま、行方がわからなくなってるんだ」

「え？」

「それでなんか気になって、来ていた産婆のことを訊ねたんだ。どうも、お海らしいんだよ」

「なんですって」

「おいらも訳がわからなくなってきた。赤ん坊のかどわかしと、ここの国蔵の殺しは関わりがあるのかな？」

「たぶん、あるでしょう。お海が産ませていたんですから」

「だよな」

竜之助は考え込んだ。

咄嗟にはいろんなことが結びつかない。たぶん、肝心なことがわかっていないのだ。

ただ、何人か行方がわからなくなっている。ここの女房と赤ちゃん。産婆のお海。その者たちを無事に助け出さなければならない。

「おめえの用ってのはなんだ？」

考え込んだ竜之助に、矢崎が訊いた。

「あ、じつは産婆のお海の倅が、なにやら怪しげな博打に首を突っ込んでいるようなのです」

「博打か」

いまはそれどころではないだろうというように、顔をしかめた。

竜之助はそれを無視して、

「熊の置き物を合図にしているみたいなんです。そんなもの、目立ちますよね。熊の置き物が目立たない賭場なんてあるのか、矢崎さんに訊きたくて」

「そりゃあ、両国《りょうごく》の熊五郎《くまごろう》の賭場だな」

矢崎はすぐに名を挙げた。

「熊五郎？」

「ああ。あそこらの見世物小屋を仕切っているやくざだが、名前に縁があるってんで、家中に熊の置き物を飾ってるよ」

「そいつだ。どこです、場所は？」

「両国広小路の裏っ方で、熊の胆《い》を売っている店がある。それは表向きの商売で、その裏が野郎の賭場になっているんだ。ここんとこ、踏み込む暇がなかったが、また、やってるんだな」

「もしかしたら、お海の居場所がわかるかもしれません」

確実な話ではないが、数少ない手がかりではある。

「なに」

「行きましょう！」

賭場に踏み込むとなれば人手もいる。竜之助は、矢崎と大滝たちを引き連れて、両国に向かって駆け出した。

すでに、町には夜が迫りつつあった。

八

満須屋鈴右衛門《すずえもん》は、高田九右衛門の話に出てきた両替商である。両国に店を持ち、照降町の佐渡屋とは熾烈《しれつ》な争いをつづけている。

その満須屋はいま、本所のとある大名屋敷から両国橋西詰にある店にもどって来る途中だった。

両国橋の上から見る江戸の町の彼方に、ちょうど陽が沈んだところだった。

両脇にいた用心棒二人が、提灯に火を点《とも》し、満須屋の足元を照らした。

「お殿さま、必死の顔つきだったな」

満須屋は、用心棒二人を交互に見ながら言った。

「そうでしたね」

「だが、大名とはいえ、二万両も貸して大丈夫なんですか？」

用心棒は二人とも袴《はかま》に二刀を差している。元武士らしい。

「大丈夫だ。そりゃあ向こうは利子の支払いだけで大変だろうがな」

「でしょうね」

「年利二割ですからね」

用心棒二人はうなずいた。

「しかも、いざというときは藩士を貸してくれるんだ」

「藩士がなにか役に立つんですか？」

用心棒は不満そうに訊いた。自分たちより役に立つとは言われたくないのだろう。

「殺し屋に使えるだろうよ」

「殺し屋？」

「ああ。他藩の武士など町方には探りようがない。こっちも素知らぬ顔を決め込むことができる。お前たちだって、町方に疑われるのは嫌だろうが」

「そりゃあそうです」

「それで佐渡屋を？」

「ああ、佐渡屋との戦いもこれでいっきにカタがつく。まあ、あの火事で死んでくれていたら、それがいちばんだったんだがな」

満須屋はにたにたと笑いながら言った。

店の前に着いた。

すでに表戸は閉じられている。

用心棒の一人が、くぐり戸を叩いて中の手代に開けさせようとしたときだった。

男が一人、近づいてきた。

着流しで、長い刀を一本差していた。武士とも町人ともつかない、妙な雰囲気の男だった。

「ん？」

用心棒たちは警戒し、満須屋の前と横に立った。素早い動きだった。

「なんだ、お前は？」

刀に手をかけて、誰何《すいか》した。

「地獄から来たんだ」

男がそう言ったとき、前にいた用心棒がふらりとした。

男は刀を抜いていない。

「なんだ？」

満須屋が目を瞠《みは》った。

男はすぐ前に来ていた。その途端、胸が熱くなった。

しかも、息をしようと思ってもできない。

「どうなってるんだ？」

満須屋は呆然とつぶやいた。

どうやら自分は胸を刺されたらしい。だが、相手が刀を抜いた気配はまったくなかったのだ。

男は満須屋のわきをすり抜け、もう一人の用心棒の前に近づいた。

用心棒は訳がわからなかったが、刀を抜き放とうとした。

だが、先の用心棒と満須屋がそうだったように、ふいに動きを止めた。

三人が倒れたのは、ほぼ同時だった。

そのときは、男は踵《きびす》を返して立ち去るところだった。

男は一度も刀に手をかけはしなかった。それはじつに奇妙なことであった。

九

熊五郎の賭場に向かいながら、竜之助は頭を巡らせていた。

いま、ばらばらだが関わっているらしいのは、次のことがらである。

飴屋の国蔵殺し。

そして、いなくなった国蔵の女房と、産まれたばかりの赤ちゃん。

年末に起きた五人の赤ちゃんのかどわかし。

それと、国蔵の赤ちゃんもふくめ、皆、産婆のお海が取り上げていた。

お海は行方がわからなくなっている。

さらに、お海の息子の善太もなにやら怪しげだが、善太と一連のことがらが関係しているのか、それはわからない。

もう一つ、佐渡屋も気になる。

あそこの手代が国蔵殺しとつながりそうだし、火事で跡継ぎがいなくなったというのも気がかりである。

——なにがあったんだろう？

国蔵が殺されたわけ。

赤ちゃんが取り替えられたわけ。

佐渡屋が火事になったわけ。

竜之助は、紙にでも書いて、じっくり考えたかった。

両国が近づいてきたときだった。

「大変ですっ」

向こうから走って来る男がいた。提灯も持っていない。よほど慌てているのだろう。

「どうした？」

矢崎が訊いた。

「人殺しです。三人殺されました」

「なんだと」

「いまも、殺したやつがあのあたりにいるかもしれません」

「どこだ？」

「そっちの小伝馬町三丁目にある満須屋という両替商なんですが、店の真ん前で旦那と用心棒が二人、斬られたんです」

両替商の満須屋というのは、さっき高田の話で出てきた佐渡屋と揉めているという店ではないか。

竜之助と文治は顔を見合わせた。

「おめえは？」

「あっしはそこの手代です」

「福川、こっちに行くべきだろう？」

矢崎は竜之助を見た。

「もちろんです。矢崎さんも、大滝さんも、そちらへ向かってください。おいらのほうは、とりあえずバクチをやめさせるだけですから」

「おう、頼んだぞ」

そう言って、矢崎と大滝、それに岡っ引きや中間の四人は、小伝馬町のほうへ駆けて行った。

「旦那、用心棒が二人と言ってましたね」

文治が走りながら言った。

「そうだな」

「よっぽど腕の立つやつか、それとも大勢が相手だったかですかね」

「店の真ん前だろう？　いくら暮れかけといっても、小伝馬町の往来でそんな討ち入りみたいなことをするかね？」

「そうですよね」

竜之助も不思議に思い、走りながら首をかしげた。

十

「そこですね、旦那」

文治が指を差した。

両国橋西詰の、ごちゃごちゃした一画である。

木製の熊がぶら下がり、「熊の胆」という文字も刻まれている。

店の前にやくざの若い衆みたいなやつが立っている。見張り役だろう。

「文治、飛び込む前に善太を出しておこう」

「出す？」

「ああ、ごたごたが起こると、善太もふん縛ることになるかもしれねえ。そうなるとあいつも余計な罪をかぶったりして、お海たちが可哀そうだ」

「わかりました。じゃあ、あっしが呼び出してきましょう」

文治はそう言って、十手を隠し、若い衆に声をかけに行った。竜之助はそっと物陰に潜んだ。

若い衆が中に入って行ったが、すぐにもどって来て、文治になにか言った。

「福川さま、駄目です」

文治がもどって来て言った。

「いないのか？」

「いや、いるんですが、それどころじゃねえと」

「しょうがねえな」

と言い、竜之助は十手を出し、いっきに賭場に飛び込んだ。

「南町奉行所だ！　神妙にしろ！」

叫んでから、この賭場がかなり大きなものだと気づいた。

白い盆茣蓙《ぼんござ》を中心に、見るからに物騒な面をしたのがずらりと並んでいる。

数はざっと三十人。

それを竜之助と文治が二人だけでおとなしくさせようというのだ。

「ずいぶんいるな」

思わずつぶやいた。

それから文治に、

「善太はかならず捕まえてくれよ」

と、耳打ちした。

「なんですかい、同心さま？」

正面にいた大きな図体の男が言った。

「おめえが熊五郎か？」

「ええ、旦那は？」

偉そうに訊き返してきた。

竜之助はそれには答えず、

「これは賭場だろうが。禁じられているのは承知しているはずだ」

「賭場ですって？　ご冗談を。これは、江戸のやくざが一堂に会しての、正月の祝いごとなんです」

「そこで花札をめくっているだろうよ」

盆茣蓙を指差した。花札が並べられている。おそらくオイチョカブという博打がおこなわれていたのではないか。

花札は、サイコロより出目が読みやすいと、矢崎から聞いたことがある。札の裏側の小さな傷や、角の折れ具合などで、表の絵柄がわかったりするらしい。

「花札はやくざにとって、町方の旦那の十手みてえなものなんです」

「十手だと？」

「そう。いわば飾りみてえなもの」

そう言うと、盆茣蓙を囲んでいた連中がどっと笑った。

「熊五郎、あんまり町方をからかっちゃいけねえ」

「まだ若いんだ。世の中のしくみをよく知らねえんだから」

ほかの親分づらした連中が、面白そうに言った。

こっちが二人だけと知って舐《な》めているのだろう。

「福川さま。善太はわかりました。正面右の熊の下にいる野郎です」

文治がそばに来て、耳打ちした。

気の弱そうな若者だった。

「わかった」

と、文治にうなずき、

「おいおい、笑っている場合じゃねえぜ。この盆茣蓙を囲んだ十人ほどは、このまま召し捕って奉行所に連れて行くんでな」

竜之助は大きな声で言った。

「なんだと、若造。手柄でも立てようと突っ張ってるんじゃねえぜ。おれたちは皆、寺や大店からお墨付きをもらってるんだ。くだらねえことをすると、一生、うだつが上がらなくなるぜ」

「ごたごたぬかすな」

竜之助は一歩も引かない。

「おい、皆の衆。こいつをふん縛って、両国橋のたもとにでも転がしておこうぜ。みっともなくて、なんにも言えなくなる」

熊五郎が怒鳴った。

「そいつはいいや」

と、賭場にいた連中は、いっせいに竜之助に摑みかかってきた。

「面白《おもしれ》えや」

刀など抜かない。

いちおう左手で十手を持ったが、それも使わない。

近づいてくるやつらに右手ですばやく当て身を入れていく。鳩尾《みぞおち》かわき腹を拳で突くのだ。

ごった返すから、やくざたちも素早くは動けない。

「ほら、ほら、ほら」

流れるような竜之助の動きである。

三十人ほどいたのが、たちまち十人くらいは床に転がり、呻《うめ》いたり吐いたりしている。

全員がさからうつもりはないらしく、逃げ出す者も大勢いる。

残りは七、八人になった。

「この野郎、ぶっ殺してやる」

ドスを抜き始めた。

こうなると拳で相手とはいかない。

十手を右手に持ち替え、やくざのあいだをくぐり抜ける。

振り回す十手の速さに、やくざたちの目がついていけない。

ぐきっ。

がつっ。

という音は、腕やろっ骨が折れる音らしい。

「ふう」

とため息をつき、竜之助が動きを止めたとき、ざっと十七、八人のやくざたちが、大漁のまぐろのように横になって、ぴくぴく手足を動かしているばかりだった。

「福川さま」

後ろで文治が呼んだ。

善太の腕を摑んでいる。

「いかさまはしたのかい？」

竜之助が善太に訊いた。

「いや、いまからやろうってところでした」

「そりゃあ、ちょうどよかった。こんなことより、もっと大事なことがある」

「大事なこと？」

「おめえのおふくろのお海がいなくなってるんだ」

「おっかあが？」

その表情から見て、善太がまるで関わっていないのは歴然としていた。

「早く捜さねえと、まずいことになるぞ」

「まずいこと？」

「命も危ないんだ」

「なんてこった」

頭を抱えたが、

「あ、もしかして」

「なんだ？」

「捜す手立てがあるかもしれねえ」

善太の顔が輝いた。

第五章　赤ちゃんの名前

一

近くの番屋に声をかけ、とりあえずいかにも悪党面のやつと、親分格に見えるやつを十人ほど縄をかけてしょっぴくことにした。

「あいつと、あいつと、そこの男もかな」

竜之助は指を差していく。

「糞ガキが」

「いま、糞ガキと言ったのも」

「おい」

そんな調子でざっと選び出し、

「ほかの者は帰っていいぜ。ただし、追って呼び出しがかかるかもしれねえから、おとなしくしていてくれよ」

のたうち回っている男たちに、軽やかなべらんめえ口調で言った。こういうときのため、日夜、べらんめえ口調の稽古をしているのだ。

賭場には酒を運ぶ女が二人混じっていたが、うっとりした口調で、

「なんて素敵な同心さま」

「あたし、捕まえてもらいたい」

などと騒いだ。

「これ、ぜんぶ、旦那が？」

やって来た番太郎と、界隈の岡っ引きが目を丸くしている。

「うん。あんまり手荒なことはするつもりじゃなかったんだが」

竜之助は照れたように頭を掻いた。

それから外に待たせていた善太のところに行き、

「お海を捜す手立てがあると言ったよな？」

と、訊いた。

「ええ。いなくなったのが二十八日の夕方だとしたらなんですが」

「あ、たぶんそうだ」

お海の上の娘が二十八日に会っているし、赤ちゃんたちがいなくなったのもその晩から明け方にかけてである。

「道でばったりおっかあと会ったんです。それで、おいらに怒りながら説教するうち、袂に入れていた、小瓶に入った南蛮の香水を、半分くらいこぼしちまったんです」

「南蛮の香水？」

「大名家の姫さまのお産を手伝ってきて、お礼にともらったそうです。それはいい匂いなんだけど、すごいきつい匂いだったんです。もし、あのあと、さらわれたかしたら、いまもその匂いをさせたままだと思います」

「ほう」

「あれなら、家の外にも匂っているかもしれません」

「なるほど。その匂いを嗅《か》ぎまわるか」

塀の裏に干されたおしめより、捜しやすいかもしれない。

たとえいまはもう洗濯したりして匂いが落ちていても、匂いを嗅いだ者はそこらじゅうにいるだろう。足取りを追うための、大きな手がかりになる。

「犬を使いますか？　いつだったか、匂いで追いかけさせたことがあったでしょう」

と、文治が言った。

「同じ匂いがあればな。だが、お海の家ではそんな匂いはしなかった。たぶん、向こうも家の前から連れて行ったんじゃないかな」

「そうか。犬は、同じ匂いがないと駄目なんですね」

やっぱり、自分で嗅ぎまわるしかないかと思ったとき、

――そういえば……。

と、思い出した。やよいがかすかにいい匂いがすると言っていたのだ。あれは、お海の匂いが赤ちゃんに移っていたからではないか。

やよいは鼻が利く。

酒を飲んで帰ったとき、すぐにわかるのは言うまでもないが、おでん屋で飲んだとか、そば屋で飲んだとかまで嗅ぎ当ててしまう。

「よし、やよいに頼もう」

二

それから四半刻（約三十分）後――。

やよいがくんくん鼻を鳴らしながら、町を歩いていた。

家々の玄関の前や、塀があるところはその隙間に近づき、鼻を近づける。まさに犬のしぐさである。

「すまねえな、妙なことをさせて」

「いいえ、面白いです。町にはいろんな匂いがあふれているものなんですね。目をつむってやると、もっとわかる気がします」

「へえ」

竜之助も真似してやってみるが、まったくわからない。

江戸橋を中心にぐるぐるまわり、照降町の裏通りに来たときである。

「あ」

やよいの足が止まった。

塀の前である。

「どうした？」

「おせつちゃんの赤ちゃんについていた匂いが」

とくに鼻を近づけたわけでもないのに路上まで匂ってきたということは、よほど強烈なのだろう。

「ここは……」

竜之助は背伸びするように中を見た。

塀の向こうに焼け焦げた屋根や柱が見えている。

佐渡屋の裏だった。

「ほら」

やよいは、塀の隙間に鼻をあて、竜之助にも嗅ぐように言った。

「ほんとだ」

かすかに花の匂いを感じた。沈丁花《じんちょうげ》の匂いに似ているが、ちょっと違う。

「やっぱり佐渡屋は怪しいのか」

「踏み込みますか？」

と、文治が訊いた。

「待て。うかつに顔を出したりすると、お海や、もしかしたらおしのや赤ちゃんだって、どうなるかわからねえ」

「では、どうします？」

「文治、おめえは矢崎さんに言って、人手を集めて来てくれ。おいらは人の出入りを見張ってる」

「わかりました」

竜之助は表のほうに向かうらしい。

「じゃあ、竜之助さま。あたしはこれで」

「おう、助かったぜ」

竜之助を見送り、やよいは帰ろうとした。

「ほんと、いい匂い」

もう一度、塀の隙間に鼻をあて、匂いを嗅いだ。

大名の姫さまからもらった南蛮の香水だそうだ。たしかに日本のお香や匂い袋にはない匂いである。甘く、爽やかなだけでなく、なんというのか色っぽい感じがする。

――こんな匂いをいつもぷんぷんさせていたら、竜之助さまもあたしに色気を感じてくれるのではないかしら……。

そんな期待すらしてしまう。

そのとき、

「おい、なにしてる？」

反対側からやって来た二人連れの男が声をかけて来た。

片方は真面目そうな顔立ちだが、目つきが悪い。もう片方は、人相はひどいが、目つきはやさしい。

だが、二人が組になっていると、悪党どもにしか見えない。

「え、いい匂いがしてるもので」

「のぞいてるみたいだったぜ」

「そんなことはしてませんよ」

すでに片方の男が、やよいの袖を摑んでいる。

「怪しい女だ」

「怪しいだなんて。ただ、赤ちゃんを捜しているだけで」

やよいは余計なことを言った。こんな連中に捕まることなど怖くもなんともない。むしろ、中のようすを竜之助に伝えられるかもしれない。

「赤ちゃんだと？」

二人組は互いに見かわし、うなずき合った。

やはり、こいつらは下手人なのだ。

「おい、女。ちっと来い」

隠し戸が開き、やよいは無理やり中に入れられた。

「あれ、なにを」

そう言った声が、いかにもわざとらしかった。

三

さらに四半刻後——。

竜之助が佐渡屋に近い番屋の窓から人の出入りを見張っていると、文治が、矢崎と小者四人を連れてもどって来た。

「お待たせしました」

「福川。おいらも佐渡屋を見張ろうとしていたところなんだ」

と、矢崎は言った。

「なにかありましたか?」

「殺された満須屋と佐渡屋はここんとこ激しくいがみ合っていた。佐渡屋の離れが焼けて、女房と倅が死んだのは、満須屋がやらせたことらしい」

「では？」

「満須屋殺しの下手人は、まず佐渡屋で間違いない。もっとも佐渡屋本人は現場になんかおらず、雇った殺し屋にでもやらせただけだろうがな」

「そうですか」

「ただ、佐渡屋はいろんなところに大金を貸していて、下手に手をつけると、方々から邪魔が入るらしいぜ」

「いろんなところというと？」

「幕閣だの、大名にまで金を貸しているらしい」

「そうですか」

そんなものはまったく気にする必要はない、と竜之助は思う。調べに着手したばかりなら、軽い圧力くらいかけてくるかもしれないが、捕まえてしまえば、むしろ金を借りている連中も、返さなくて済むかもしれないと、喜ぶはずである。

「それと、気をつけねえと危ないのは、満須屋の死に方なんだ」

と、矢崎は言った。

「どんなふうだったんです？」

「三人とも胸を一突きされていた。ほとんど即死だったろうな」

「それはわからねえ。ただ、満須屋のあるじのほか用心棒が二人殺されたんだが、こいつらは元武士で、怖ろしく腕の立つやつらだったらしい」

「それが一突きですか？」

「ああ。しかも、刀を抜いてもいない。おかしくねえか。腕の立つ二人をふくめ、三人の男が次々に胸を刺されて殺された」

「正面からですか？」

「ああ、三人とも前から刺されていた」

それはたしかにおかしい。後ろ向きだったら、最初に用心棒のほうを背中から、声も出せないほどすばやく突き刺してしまえば、満須屋は恐怖のあまり動けなくなったという事態も考えられる。

「でも、下手人は一人とは限らないのでしょう？」

「いや、一人だったらしい。あの場に行き合った手代は、一人の男が接近し、あっという間に逃げ去ったところを見ているんだ」

「なるほど」

それなら一人が三人を次々に刺したのだろう。

「ドスかなんかで？」

腕が立つうんぬんは別として、そいつがいまもここにいるなら、容易に手出しはできない。人を殺すことに、なんのためらいもないからである。

と、そこへ――。

戸山甲兵衛が、小者を二人連れてやって来た。

「なんであんたが来るんだ？」

矢崎が文句を言った。

「満須屋のあるじと用心棒二人が、妙な死に方をしたんだって。それで矢崎が訳がわからねえと、頭を搔きむしっていると聞いたのでな」

「別に頭なんか搔いたりしてねえよ」

「おいらも遺体は見て来たぜ。たしかに、変な死体だった。矢崎、あれを三人の刺客の仕事だと思わねえほうがいいぜ」

「思ってねえよ」

「もっと多いと思ってるんだろう？　八人とか、十二人とか」

「しつこいな。目撃したやつがいて、刺客は一人だけだったと証言してるんだよ」

「そう、一人だ。よく、わかったな」

戸山はすぐにそう言った。

「お前、人の話を聞け。証言があったと言っただろうが」

「だったら、なぜ、三人とも同じようなやられ方をしているか、わかったか？　それもわからないで、偉そうな態度をするなよ」

という戸山の言葉に、

「どっちが偉そうだ」

矢崎が言い返した。

この二人、最近、険悪な雰囲気が漂う。

竜之助はさりげなく二人に笑みを向けた。少しでも、気持ちをやわらげてもらおうというつもりである。

「あの武器は、三つ又というものだぞ」

戸山は自信ありげに言った。

「三つ又？　なんだ、それは？」

矢崎は呆れた口調で訊いた。

「知らんのか。先が三つに分かれた槍で、三人同時に倒すことができる恐ろしい槍だ」

「刺又《さすまた》とは違うのか？」

先が半月になった武器で、相手をこれで押さえつけ、動けなくする。捕物のため、番屋に備えられていたりする。

「あれでは刺すことができぬだろう。これは、ちゃんと先が槍のような刃になっているのだ」

「だが、そんなものを持っていたら、目立ってしょうがねえだろうが。相手もすぐに警戒するぜ」

「そこは工夫がされているのだ。それくらいの想像もできぬのか」

「どんな工夫？」

「ふだんは、ふつうの刀のようになっているのだろうな。ところが、いったん鞘から抜き放つと、先が三つに分かれる。相手が動揺した瞬間、いっきにそれを突き刺すのさ」

「福川、知ってるか？」

矢崎が振り向いて竜之助に訊いた。

「いや、初めて聞きました」

「知らない武器はこの世にいくらもある。だが、わしはその武器の秘密を見破り、さらには三つ又に勝つ方法まで考えた。どうだ、知りたいか？」

戸山は、さあ訊けという調子で言った。

それに釣られて、

「どんな方法だ？」

と、矢崎は思わず訊いた。

「立木を利用することだ。道のわきに立っている木の陰にすばやく回り込み、この突きをかわす。すると、なまじ三つ又にわかれているから、どれかの先が木に突き刺さってしまい、相手は三つ又を引くことができなくなる。そこを斬って捨てるわけさ」

「そりゃあ、いいかもしれねえが、立木なんかそうそうそこらにあるか？」

「なければ、あるところまで走れ。それしか勝つ方法はないぞ」

戸山は親身な口調で言った。

やよいは、家の奥に引っ張り込まれていた。

ここは商家の奥というより、やくざの親分の家のような、物騒な雰囲気が漂っていた。

人相の悪い若い者が二人、出入り口のところに立っている。

手前に十二畳ほどの座敷があり、壁ぎわに七十くらいの老婆が疲れた顔で座っている。香水の匂いもしている。

やよいは背中を押され、さらに奥の八畳間の敷居のところに座らせられた。

そこには男と、赤ちゃんを抱いた若い女がいた。女はきれいだが、いかにもやさぐれた心根が、顔に滲み出ていた。

「旦那。この女、しきりに匂いを嗅いでました。その婆あの匂いが外まで洩《も》れているんですよ」

「しょうがねえな。婆あ、その着物を脱げ。洗濯させるんだ」

旦那と呼ばれた男が言った。

これが佐渡屋らしい。小柄で、ひどく暗い目つきの男である。

ただ、しかめ面をすると、眉間のあたりに、四角いかたちが浮かんだ。星形とは違うが、それでも目立つ特徴である。

老婆が着物を剝《は》がれ、男物の着物をあてがわれた。

「しかも、この女は赤ん坊を捜しているんだとか」

「なに？　なんだ、女？」

「友だちのおせつちゃんが、赤ちゃんをさらわれ、もどって来たら違う赤ちゃんになっていたって。それで、捜しまわっているんです。そっちの赤ちゃん、違いますか？」

隣の部屋で女が抱いている赤ちゃんを指差した。

「あれは、間違いなくおれの子だ。くだらねえ真似をしやがって。こいつも婆あといっしょに置いておけ」

というので、ここにいるわけである。

やよいは隙を窺《うかが》い、そばに寄って、

「産婆のお海さん？」

と、小声で訊いた。

「あんたは？」

お海は目を見開いた。

「八丁堀の同心の妻です」

詳しく説明すると面倒なので、そういうことにした。だが、そう言ってみると、嬉しくなる。

「同心の？」

「町方ではもうここを見張っています。お海さんがこぼした香水の匂いが手がかりになりました」

「あら、役に立ったんだね」

「ただ、うかつなことをすると、お海さんや、赤ちゃんになにするかわからないので、手をこまねいているんです」

やよいがそう言うと、お海は何度もうなずき、

「ああ、いきなり飛び込んで来られたりしたら、あたしは殺され、どこかにかつぎ出されるだろうね」

「やっぱり」

「いままでもそうされそうになったんだけど、口先でごまかして切り抜けてきたんだよ」

「口先でって？」

「ほら、あの子、泣くと、ここに星が出るんだよ」

お海は自分の眉間を差した。

「そうらしいですね」

「その星が出る赤ん坊は、生後ひと月ふた月のうちに面倒な病が出やすいんだっ

て言ったのさ。そのとき、よく知っている者が看病しないと死んでしまうよって」

「なるほど。それはうまい嘘を思いつきましたね」

やよいは感心した。

「あの子のことも心配してるのかい？」

と、お海は女が抱いている赤ちゃんを見た。

「ええ。いなくなったみたいだから」

「あの子は殺されたりはしないよ」

「そうなんですか？」

「元気に育っているし。あたしのほうは、とりあえず嘘はうまくいったけど、ひと月ふた月の命かと覚悟していたよ」

「いったい、なにがあったんですか？」

「それが妙な話でね……」

お海は事情を語り出した。

四

「どうする、福川?」

と、矢崎が訊いた。

「国蔵の女房のおしのの行方はわかりましたか?」

「大滝たちが探っているが、まだまったくわからねえんだ」

「そうですか」

たぶん佐渡屋の中にいるような気がする。

危ない目に遭っているか。

それとも、もしかしたら佐渡屋とつるんでいるのかもしれない。

おしのの正体がわかると、この事件の裏がいっきに明らかになるような気もする。

「佐渡屋みたいな男は、妾がいるんでしょうね?」

と、竜之助は矢崎に訊いた。

「そりゃあいるさ。一人とは限らずな」

「妾を捜して、佐渡屋のことが訊けませんかね」

「それはいいが、妾をどうやって捜す？」

「とりあえず、この近辺の料亭あたりで佐渡屋のことを訊きましょうか？」

日本橋界隈には、有名な料亭がいっぱいある。そこを佐渡屋が利用していないわけがないだろう。

ああいうところの女将さんや仲居たちは、客の裏側を見ていたりする。

「なるほど。じゃあ、小者たちに」

「いや、おいらが行きます」

佐渡屋はしばらく動きがないだろう。

まずは、江戸で一、二を争う〈百川《ももかわ》〉に行った。

以前、会ったことがある女将さんに訳を話すと、

「はい。佐渡屋さんはお得意さまですよ」

と、うなずいた。

「佐渡屋に妾はいるだろう？」

「ああ、いらっしゃるでしょうが、あたしは存じ上げませんね」

女将は首をかしげた。

たぶん本当だろう。

だが、お得意さまの秘密を洩らすまいと、しらばくれているのかもしれない。

「芸者とか幇間《ほうかん》もお座敷に呼ぶのかい？」

竜之助はさらに訊いた。

「ええ。佐渡屋さんのお座敷に出たことがある妓《こ》たちはいますが、いまも一人来てますよ」

その芸者に訊くことにした。芸者たちなら、女将ほど義理立てする必要はない。

竜之助が顔を見せると、

「あ、南の福川さま」

芸者が身体をよじるようにして嬉しがった。

「え、どうしておいらを？」

「日本橋の芸者で福川さまを知らないのはいませんよ」

「おいら、お座敷に上がったことなんかないぜ」

「町を歩く姿が素敵だというので、もう、皆、めろめろ」

「はあ」

竜之助は照れながら、佐渡屋の妾のことを訊いた。

「知ってますよ、もちろん。妾は以前、芸者だったおしのちゃんですよ」

「おしの？」

なんと国蔵の女房と同じ名前ではないか。

「いまは、飴屋さんのお内儀さんだけど」

「やっぱり、そうか」

これで国蔵と佐渡屋がつながった。

「佐渡屋さんはベタ惚れでしたよ。それまでは吉原《よしわら》とかでもずいぶん遊んでいたし、ほかにもやっぱり芸者上がりのおきたちゃんという妾がいたのに、おしのちゃん一筋になってしまったくらいでした」

「おしのってのは、どんな女なんだい？」

「もともとは、深川の漁師の娘だったのかな。そんなに悪い子じゃなかったと思いますよ。でも旦那……」

芸者は急にすがるような目をした。

「な、なんだい？」

「芸者なんて、これでけっこう辛い商売なんですよ。お座敷の揚げ代だってそんなに高くはないし」

「そうなの」

「同心さまのお給金だって、充分遊べますよ」

「まあ、それはいいよ」

「福川さまだったら、お代なんか要りませんよ」

気がついたら、顔がすぐ近くに来ている。

それをさりげなく押し戻し、

「おしの話だぜ」

「ええ。つまり、したたかでないとやっていけないわけ。だから、おしのちゃんも相当にしたたかな女」

「なるほどな」

「でも、いつまでも妾は嫌だというので、去年あたり飴屋さんに嫁いだみたい。それで幸せになったのかどうか。なまじ派手な暮らしを味わってしまうと、地味な暮らしができないとは言いますよね。あたしは町方の同心のご新造でもまったく平気ですけど」

「おしの話だって」

「そうでした。秋口にばったり会ったけど、おしのちゃん、お腹大きかったんです。もう産まれたのかしら。それにしちゃあ、ずいぶん早くできたわね」

「早く？」

「いや、まあ、それは邪推」

「ふうん。邪推じゃねえかもな……」

もう竜之助は芸者の話を聞いていない。

五

竜之助はすぐに矢崎がいる番屋にもどった。

大滝も応援に駆けつけて来ていて、いっきに突入という準備も進めているらしい。

竜之助の報告に、

「なに、国蔵の女房は、佐渡屋の元の妾？」

矢崎は驚いた。

「はい。たぶん、いまは中にいるんじゃないでしょうか」

「なるほど」

「捜しても行方がわからねえわけだわな」

と、大滝が納得した。

「とすると、赤ちゃんの無事はさほど心配いらないかもしれませんね」

「危ないのはお海だけか」

矢崎は腕組みした。

「それで、おいらはようやく今度の事件の全体が見えてきた気がします」

「なんだ、言ってみろ」

「おしのはいつまでも妾でいるのが嫌で、飴屋の国蔵のところに嫁いでしまいました。それからしばらくして、去年の暮れに赤ちゃんを産んだのですが、それは国蔵の子ではなく、佐渡屋の子だったんじゃないでしょうか」

もちろん根拠は芸者の証言である。

「真面目な福川にしちゃあ、ずいぶん乱れた推測をしたじゃねえか」

「からかわないでください」

「それで？」

「国蔵は気がついたのでしょう。産み月の疑問もあったかもしれないが、赤ちゃんが自分には似ておらず、佐渡屋に似ていると思ったかもしれません」

「ほう」

「もし、そんな疑念を持ったら、矢崎さんならどうします？」

「おいらなら？　おいらんとこは、十一人もいるしな」

「え？　十一人もいると平気なんですか？」

「一人、二人くらいは」

「……」

　竜之助は唖然としている。

「馬鹿。冗談だよ。そりゃあ、問い詰めたいところだが、しかし、そういう話ってしにくいよな」

「しなかったら、どうします？」

「育てるのは、女房だしな」

「うっちゃっとくってことですか」

「そういう事態になってみねえとわからねえよ」

　矢崎に訊いたのは間違いだったかもしれない。

「おいらは、国蔵の気持ちをこう推測したんです。おしのには惚れているが、佐渡屋の倅など育てるのは嫌だと」

「うん。それは不思議じゃねえわな」

「それで国蔵は、どうせならまるで佐渡屋とは関係のない子を育てようと、思ったんじゃないでしょうか？」

「なんだと？」

「問い詰めたって、しょせん真相はわからないことですよね。しかも、逆におしのは怒って出て行ってしまうかもしれない。かといって、佐渡屋の子どもをこの先ずっと育てていくと思ったら業腹《ごうはら》でしょう。やがて、子どもに憎しみを覚えたりするかもしれない。それで、どうせなら縁もゆかりもねえ赤ちゃんを育てたほうが、素直に可愛がれるんじゃないかと」

「なるほど」

「だが、替わりの赤ちゃんを見つけないといけない。そこで、産婆のお海のところで最近産まれたおせつの赤ちゃんのことを聞き、おしのの赤ちゃんと取り替えてしまったのです」

「驚いたな」

矢崎は落ち着こうとするのか、煙管《キセル》に煙草を詰め、一服した。

「ところが、そのころ、佐渡屋の家に火がつけられ、女房と跡継ぎが亡くなってしまいました。それで佐渡屋は、妾だったおしのから自分の子ができたと知らされていたため、おしのと赤ちゃんを自分のものにしようとしたのです」

「でも、赤ん坊はすでに」

「ええ。佐渡屋とおしのは、国蔵のようすに不審を覚え、問い詰めたのでしょう。ところが、国蔵というのは喧嘩が強いのに自信を持っていたから、佐渡屋にも逆らったはずです」

「だが、佐渡屋のところには、殺し屋みたいな野郎がいる」

「そのため、国蔵は大川に遺体となって浮かぶことになったわけです」

「はあ」

あまりにも意外な展開に、矢崎はしばらく開いた口がふさがらない。

「そこから、国蔵がどこかで取り替えてしまった赤ちゃんを捜し始めるのです」

「それがあの五人の赤ん坊のかどわかしか」

そのうちの一人は、矢崎の赤ちゃんだった。

「その前にまず、どこで赤ちゃんをさらったのかを知るため、お海をさらったのでしょう。加えて、自分たちにも赤ちゃんを見分ける自信はなかったんだと思います。赤ちゃんは最初、皆、似たような顔をしてますからね」

「まったくだ」

矢崎はやけに納得した。十一人の子だくさんの実感なのだろう。

「そして、さらった赤ちゃんの中から佐渡屋に似た赤ちゃんを見つけ、おせつの赤ちゃんだけを取り替えて、日本橋のたもとにもどしたというわけです」

「ちょっと待て、福川」

「なんでしょう？」

「おせつの赤ちゃんのほか、三人をさらい、一晩置いたあと、おいらの子をさらったじゃねえか。それはどういうわけだ？」

そうなのである。

竜之助もそこは不思議で、いちばん考えたところだった。ようやく出した結論がこうだった。

「それはたぶん、お海あたりの知恵ではないでしょうか」

「お海の知恵？」

「ええ。おせつの赤ちゃんがそうだとすぐにわかったでしょうが、名簿の中に八丁堀の矢崎さんがいるのを思い出した。それで、もしかしたら、矢崎さんのところの赤ちゃんかもしれないとか言ったわけです」

「なんだって、お海が」

と、矢崎が憤ったように言った。

「まさか、八丁堀でかどわかしが成功するとは思わなかったのでしょう」

「そうか。捕まえてもらおうと期待したのか」

「ええ。ところが、連中はまんまと矢崎さんの赤ちゃんをさらってしまった。この企みが失敗したなら、あとは一刻も早く、赤ちゃんたちを返してあげたほうがいい。それで、この赤ちゃんも違う、やはり、佐渡屋の赤ちゃんは、おせっちゃんのところからさらってきた子だと断定したのです」

「やつらはまだかどわかしをつづけたかもしれねえしな」

「ただ、お海が取り上げた赤ちゃんは、男の子だけではないはずです」

「そうか」

「もう、該当する赤ちゃんもいなくなっていたでしょう」

「だが、お海がいなかったら、あいつらは日本橋周辺の赤ん坊を軒並みさらっていたかもしれねえぞ」

「そうかもしれませんね」

「よし、これで明らかになったな」

矢崎はぱんと手を叩いた。

「ただ、あくまで、これはおいらの推測です」

まだ、誰の証言も得られていないのだ。

「いや、まったくおかしなところはねえ。完璧だ」

矢崎はまるで自分が推理したみたいに、自信たっぷりにうなずいた。

六

「なるほど、そういうことだったんですか」

やよいはお海から話を聞いた。

佐渡屋の店の奥の部屋で、二人はできるだけ小さな声で話をしている。

「国蔵ってのが、赤ちゃん同士を取り替えるなんて突飛なことをしたから、事態はこんなにこじれてしまったんだよ」

「ほんとですね」

「結局、どこで替えたか答えようとせず、佐渡屋に殴りかかろうとして、殺されちまったんだろ？」

「そうなんですか」

やよいは、殺しのほうについては詳しく聞いていない。

「同心の家に忍び込ませるという案はよかったんだけど、まさか成功するなんてね」

「ああ、八丁堀全体が騒然としたんですよ。でも、連中はうまくやったんですよ。悪運にも恵まれたんでしょうけど」

「あの女も悪いよね」

お海はそっと隣の部屋を見た。

おしのが佐渡屋に甘えているところだった。

「旦那、あたしを正式な妻にしてくれるんでしょう?」

おしのは佐渡屋に言った。

「わかってるよ。満須屋の整理がついたら、そういうことにしてやるよ」

「ああ、嬉しい。ずいぶん待たされましたからね」

「おれの跡継ぎはこの子だけだしな」

佐渡屋はおしのが抱いている赤ちゃんの頰を指で押して笑いかけた。

そんなようすを見ながら、

「あんな男でも子どもは可愛いんですかね?」

と、やよいはお海に言った。

「ろくでもないのに限って、自分の身内だけはやけに可愛がったりするの。要は、自分が可愛いってことなのよ」

お海はそう言って、顔をしかめた。

「ねえ、旦那。お海たちはどうする気なんです？」

と、おしのはさすがに小声で訊いた。

「もうすこし、あの子のようすを見させ、元気に育つようであれば、どこかに連れて行って死んでもらうしかねえだろうな」

佐渡屋も小声で言った。

この話、お海の耳には届いていないだろう。

だが、やよいはわかる。くノ一の訓練で小さな音も聞き取れるし、唇の動きでも判断できる。

ムカムカしながらも、素知らぬ顔で佐渡屋とおしのの話を聞きつづけた。

「なんだか可哀そう」

と、おしのはたいして感情のこもらない声で言った。

「しょうがねえよ。あの産婆はいろんなことを知り過ぎてしまったから」

「また、あの男に始末させるんですか？」

「そうだな」

「殺し専門なんですか？」

「用心棒だよ。おれが見つけたんだぜ」

と、佐渡屋は自慢げに言った。

「あいつ、名前あるんですか？」

おしのは視線を横の部屋に向けた。

若い男が、佐渡屋とおしのがいるわきの部屋にいるのだ。そこで、なにかぜんまいみたいなものをつくっている。

細身の若者で、ひよわそうである。用心棒にはまず見えない。

「あるよ。久五郎《きゅうごろう》ってんだ」

「久五郎って強いんですか？」

「強くなんかねえよ」

そう言って、佐渡屋はにやりとした。

「でも、用心棒を二人もやっつけたんでしょう。あの国蔵だって、喧嘩はすごく強かったんですよ」

「あいつは剣術なんかやったことねえんだ」

「え？　それで、どうやって？」

「あいつは、もともとはからくり師なのさ」

「からくり師！」

佐渡屋の言葉におしのはずいぶんびっくりしたようだが、こっちで聞いていたやよいは納得した。それで久五郎はいつも、なにかをつくっているのだ。

「おしのは、からくりって知ってるか？」

「知ってます。お茶を運ぶ人形を見たことがあります。からくり人形だって言ってました。旦那も見たらびっくりしますよ」

「それはおれも見たことがあるぜ」

「あんなからくりを使うんですか？」

「いや、あいつのは人形なんかじゃねえ。あいつのからくりは刀なんだ。あいつの刀は、どうやっても抜けねえんだぜ」

「抜けない刀じゃ戦えないでしょう。竹光なんですか？」

「そうじゃねえ。柄の先からバネ仕掛けで刃が飛び出すのさ」

「そうなの」

「刀を抜かずに凄い速さで刃が出てくるから、どんな剣の名人も避けようがねえ。胸をぐさりとやられる」

「でも、何人もつづけて殺したんですか？　そんなことってできるんですか？」

おしのは、いったん飛び出たら、刃は出っぱなしではないかと言いたいらしい。

たしかに、やよいもそこは疑問である。

「飛び出た刃は、紐を引けばまた元の鞘に納まるんだ。それで、次の相手には同じように飛び出させるのさ。鞘の底に強力なバネを仕込んであるらしいな。やられたほうは、刀も抜かないのに胸を刺されているから、なにが起きたかわからねえうちにあの世行きだ」

「そういうことだったの」

おしのは感心して久五郎を見た。

だが、やよいは感心するどころではない。もしかしたら、竜之助もその危機にさらされるかもしれない。

七

「同心さま」

お海の倅の善太が、姉のおよねといっしょにやって来た。

「おう、善太」

「あの店におっかあはいるんですね」

善太もやよいとは別だったが、あの匂いを嗅いでまわるのにずっと協力してくれていたのである。お海の居場所がわかってからは、あとは町方にまかせるようにと言ってあったが、心配で我慢できなくなったらしい。

「まず間違いねえな。ただ、うかつなことはできねえんだよ」

「なんとか助けてください。お願いします」

およねの後ろに、もう一人、女がいた。

「そちらは？」

と、竜之助が訊いた。

「おいらの別れた女房なんです。おそでと言います」

「そうなのか」

竜之助は軽くうなずいた。

「お海さんはすごくいいお姑《しゅうと》さんでした」

おそでは誰にともなく言った。すると、善太の姉のおよねが、

「うちの母もあんたのことは心配してたんだよ。どうして善太を捨てて出て行ったんだろうって」

すこし恨みがましい口調で言った。

「捨てただなんて」

おそでは泣きそうになった。

「違うの？」

「善太さんはなにも？」

おそでが善太を見ると、

「そういうことは言わないほうがいいかなと」

つらそうな顔をした。

「なにがあったの？」

およねが訊いた。

竜之助は聞こうとしているわけではないが、どうしても耳に入ってくる。

「あたしが子どもを産めない身体だってわかったんです。あたし、月のものがない身体だったんです。おっかさんなどからは、いつか来ると言われていたんですが、結局、善太さんといっしょになってからも……」

下を見た目から涙が落ちていた。

「そうなの」

「善太さんもお海さんも楽しみにしていて、善太さんの女房はあたしじゃないほうがいいって思ったんです」

「そんなこと、あるもんか。せっかくまともになったと思っていたのに、おそでさんがいなくなって、善太はまた、ぐれちまったんだよ」

「ごめんなさい」

「いいじゃないの、子がなくたって仲良くしてる夫婦者はいっぱいいるわよ」

「そうだよ」

善太がうなずいた。

竜之助は、そんなようすを見ながら、

――元の鞘におさまるな。

と、確信した。

「福川。やっぱり佐渡屋に押し入るしかあるめえ」

矢崎がじれったそうに言った。

「いや、人を殺すのをなんとも思っていない男がいっしょにいます。危ないです」

「じゃあ、どうする？」

竜之助は窓から佐渡屋の入り口を見つめながら、

「おびき出しましょう。佐渡屋と用心棒が外に出たとき、矢崎さんたちは押し入ってください」

と、言った。

「大丈夫か？　恐ろしく腕の立つやつだぞ」

「おまかせを」

竜之助はきっぱりと言った。

「それで、どうやっておびき出す？」

「それなんですよね」

まだ考えていない。

すでに夜になって、佐渡屋を外におびき出す方法があるだろうか。

「佐渡屋という男は、跡継ぎのことが弱みになる気がしませんか？」

「ああ、そうだな。ああいう悪党に限って、儲けた銭をてめえの子どもに残したいと強く思うのかもしれねえな」

「おしの前に、もう一人、妾がいたそうです」

たしか、おきたという名だと言っていた。

「ほう」

「その妾にも赤ちゃんが産まれたというのはどうです？」

「顔を見ろとか言うのか？」

「見たがるんじゃないですか？」

「だろうな。だが、それを誰に言わせる？」

「やよいに協力してもらうのがいいかもしれません」

「やよいちゃんを？」

「ええ。ちょっと待ってください。呼んできますので」

やよいにおきたの妹だと偽ってもらうのだ。それで、姉が子どもを産んだあと、具合を悪くしている、どうか子どもの顔を見てやってくれ——なんてことを言わせればいい。やよいはなかなか芝居ッ気もあるので、きっとうまくやってくれる。

竜之助はここからも近い八丁堀の役宅にもどった。

ところが、やよいはおらず、おせつと、なんと田安《たやす》家の用人である支倉辰右衛《はせくらたつえ》門《もん》がいるだけではないか。

「あれ？　やよいは？」

「まだもどって来ませんよ。福川さまに言われて出て行ってから」

「なんだって！」

まさか、佐渡屋に捕まったか。

あるいは自ら進んで捕まったのかもしれない。やよいなら、それもやりかねない。自分が中のようすを見て来てあげようなんて、入り込んだりして……。

だが、まだ出て来ていないということは、拉致《らち》されているのではないか。

「そりゃあ、まずいな」

「どうした、竜之助？」

おせつの手前、親戚の者を装った口調で、爺《じ》いが訊いた。

「ええ。ちょっとやよいに手伝ってもらうつもりだったのですが……」

ふいに別の考えが浮かんだ。

「支倉さま、ちょっと」

竜之助は支倉を外に呼び出した。

おせつには聞こえないところまで引っ張り出し、

「爺い。頼みがある」

「なんでしょうか？」

「一芝居打ってもらいてえんだ」

「この千両役者に？」

文倉は嬉しそうな顔で言った。

八

おしのの赤ちゃんも寝入ったことだし、お海とやよいは小部屋のほうに移って寝かせてもらおうとしたとき――。

佐渡屋の動きが慌ただしくなった。

ちょっと前まで店のほうで誰かと話していたのだが、勢い込んでもどって来て、

「久五郎、出かけるぞ」

まだ細工仕事に熱中していた用心棒に声をかけた。

「はい」

久五郎は急いで例の刀を腰に差し、佐渡屋のあとを追った。

そのようすを窺って、

「竜之助さまが誘い出したんだわ」

と、やよいは言った。

「なに？」

お海が訊いた。

「あの佐渡屋と用心棒を外に出し、その隙に押し込もうという策なんですよ」

「策？」

「あるじがいなければ、咄嗟のときにどうしたらいいかわからない。しかも、凶暴な人殺しは外に出ている」

「そうだね」

「いちばんいい策ですよ。たぶん竜之助さまが考えたんだわ」

「立派な旦那さまみたいね」

お海はからかうように言った。

「どうしよう」

やよいは不安である。

「なにが？」

「竜之助さまは、あの人殺しと斬り合うつもりでいるんですよ」

「まあ」

「ふつうの剣術使いだったら、竜之助さまはぜったい負けない。それくらいお強いんです。でも、あいつは」

「からくり師なんだものねえ」

刀の柄の先から刃が飛び出すと言っていた。

それだと、左手は鞘に添えて狙いをつけるが、右手はおそらくだらりとさせているのだろう。それだったら、竜之助も刀を抜きはしない。

だが、竜之助の風鳴の剣は、刃で風を探り、ひゅーっという音が出始めてから、本領を発揮するのだ。つまり、刀を抜き放っておかなければならない。抜いてさえいれば、風鳴《ふうめい》の剣は飛び出す刃にも対応できるだろう。

「どうしよう。なんとかして報せなくちゃ」

やよいは慌てて部屋の中を見回した。

九

「こんな夜更けに出かけるんですか？」

慌ただしく準備をし、表に出ると、久五郎は佐渡屋に訊いた。

すでに真っ暗である。月はすこしふくらみかけているが、それでも足元を照らすほどではない。

太いろうそくを入れた提灯を、佐渡屋と久五郎と、一つずつ持った。

「大丈夫だ。もう満須屋はいねえ」

歩き出しながら佐渡屋は言った。

「どこまで行くので？」

「お城の北の丸だ」

「北の丸？」

「田安さまのお屋敷さ」

「商いですか？」

「とんでもなく大きな商売になるんだ」

「なんです」

「葵《あおい》のご紋が相手だよ」

「え」

「田安さまが内密にお金を借りたいと言ってきた」

「田安さまが」

「取りっぱぐれはねえし、この先、どれだけ力になってもらえるか。どうあったって行かなくちゃ」

「ほんとの話なので？」

「葵のご紋を偽るような悪党はいないさ」

さっき、立派な身なりの武士がすでに閉じてある潜り戸を叩き、面会を求めてきた。

田安徳川家の用人をしている支倉という者だと名乗ったのである。

手代からそのことを告げられ、急いで玄関口に出た。

疑う佐渡屋に、支倉は葵のご紋が入った脇差と印籠を見せたのである。どちらも紋のない小刀や工芸品として見ても無類のものであり、信ずるに足ると思われた。

「至急、三万両をお借りしたい。当家の下屋敷を担保にして」

支倉はそう言ったのである。しかも、

「利子や返済期限などについて、詳しくは北の丸の屋敷で話したい」

との申し出だった。

田安家の屋敷内で行われる話なら、これほど信用できることはない。また、担保も充分な価値がある。

これが二、三十年前なら、ぜったいあり得ない話だった。だが、政情不安ないま、徳川家でもなにが起きるかわからない。そういう時代なのだ。

「店の間口もそろそろ倍にしなくちゃならねえのかもしれない」

佐渡屋は嬉しそうに言った。

歩いているのは、お城に向かう道である。

ただ、田安家の屋敷がある北の丸は、お濠沿いに北側へ回り込み、九段坂を上らなければならない。けっこうな道のりになる。

だが、佐渡屋はそこまで行く必要はなかった。

お濠の前に来たとき、

「まんまと引っかかってくれたな」

町方の同心が、たった一人で前に立ちはだかったからである。

十

佐渡屋が出て行くとすぐ、

「忘れ物をした。開けろ」

矢崎三五郎が佐渡屋の潜り戸を叩いた。いちおう声を低め、聞き取りにくい声にした。

たったいまだから、中の者も疑う暇がなかったらしい。

「はい」

と、潜り戸が開けられた。

「あっ」

矢崎たちがいっせいに飛び込んだ。

「南町奉行所だ。神妙にしろ」

たいがいの手代や小僧たちは、驚いてその場に座り込んだ。

ただ、手代で赤ん坊のかどわかしでも動いたのが二人、

「おい、安五郎。まずいぞ」

「お海を連れ出し、始末しよう」

と、奥に駆け込んだ。安五郎と呼ばれた手代は手早く、懐にドスを呑んだ。昼間、やよいをこの中に連れ込んだのもこの二人だった。

「婆あ。ちっとこっちに来い」

休もうとしていたお海の手を引いた。

だが、その前にやよいが立った。

「なに、するの？」

「やかましい。この婆あは知りすぎなんだ」

「無駄な抵抗はよしなさいよ。ほら、神妙にしろと言ってるでしょ」

矢崎たちが怒鳴る声が聞こえているのだ。

だが、この家はかなり奥行きもあり、二階もあったりするので、なかなかここまで来られないでいるらしい。

「おめえもいっしょだ」

もう一人の手代がやよいを引いた。

裏口から抜け出すつもりらしい。

「馬鹿なこと言わないで」

やよいが腕を引いた手代の手首を、手刀で強く打った。

「痛っ！　この野郎！」

手代はドスを抜き、突きかかってきた。殺してから運ぶつもりになったらしい。

だが、やよいは突き出されたドスをかわすと、そのまま手を引くように肘に手を当てながら身体をひねった。

手代の身体が、ぽんと浮いた。

部屋を揺るがして、男が落ちた。同時に、つま先でこの男のあばらを思い切り蹴った。

「あっ、あっ、あ」

声が出ない。呻くのがやっと。あばらの数本が折れたのだ。

さらにやよいは、男のドスを取り上げ、お海を摑んでいた手代の首にさっと当てた。

「もう、動けないよね」

「わ、わかった。やめてくれ」

観念したらしい。

唖然として見守っていたお海が、顔を輝かせ、

「あなた、強いのねえ！」

と、感激した声で言った。

矢崎が飛び込んで来たのはそのときだった。

「お、やよいちゃん。無事だったかい」

「危なかったんですよ、矢崎さま」

やよいはしらばくれた調子で言った。


それからすぐ、やよいは外に飛び出し、お城のほうに駆けた。さっき佐渡屋と用心棒がその方角へ向かったのは、駆け上がった二階の窓から確かめていた。

魚河岸のある通りから日本橋のたもとを抜け、一石橋《いっこくばし》のあるあたりまで来たときだった。

ちょうど用心棒の久五郎と竜之助が向かい合っていた。

そのわきで、佐渡屋が提灯を二つ持ち、さほど恐れたようすも見せずに立っていた。用心棒の強さを信用しきっているらしい。

「竜之助さま」

竜之助はすでに刀を抜き放っていた。

ひゅうーっ。

という風の音がしていた。

すでに竜之助の剣が風を捉えているのだ。

用心棒が近づいた。

「刃が！」

やよいが叫ぼうとしたとき、
かきん。

と、鋭い音がし、火花が散り、折れた刃がわきの地面に突き刺さった。

竜之助の剣が、飛び出した用心棒の刃を叩き、凄まじい強さで叩き折ったのだった。

「げっ」

佐渡屋が驚き、逃げようとした。

竜之助の剣がさらに一閃、二閃した。

佐渡屋と用心棒がわき腹を押さえながら、地面に転がった。

「逃がさねえぜ」

やよいが駆け寄った。

「竜之助さま」

「おう、やよい」

竜之助は懐から皺くちゃになった紙を取り出した。

「読んだぜ」

「よかった」

やよいは安心のあまり、しゃがみ込みそうになった。

「あんたのおかげで助かったぜ」

竜之助は微笑んだ。

やよいは紙にすばやく、

「柄の先から刃が飛び出します」

と書き、丸めてかんざしに刺すと、厠に行くふりをしながら二階に駆け上がり、それを窓から闇の向こうに投げたのだった。

竜之助はきっと佐渡屋が出て行くのを（どこかで）見張っているはずだった。だから、かならずこれに気づいてくれると思ったのである。

「あたしのおかげだなんて……」

やよいは胸を熱くした。

十一

竜之助が佐渡屋と久五郎を引っ立てて店にもどって来ると、矢崎が竜之助の応援に飛び出してきたところだった。

「お、福川」

「もう終わりました。そちらは？」

「ああ、お海も無事、保護したよ」

「安五郎って手代はいましたか？」

お寅の長屋から巾着や煙草入れを買って行った男である。

「ああ、捕まえたぜ。こいつが赤ん坊のかどわかしで、中心になって動いたんだ」

「捕まえましたか。それはよかった」

「ただ、おしのも引っ立てなくちゃならなそうでな」

「そうでしょうね」

「すると、赤ん坊を置いていくことになるのさ」

「ほんとだ」

竜之助は、まるで自分の不手際のように顔を歪めた。

「まあ、お海がとりあえず預かってくれるらしいが」

「その先ですよね」

いろいろ預け先を検討しなければならなくなるだろう。

それからしばらく、佐渡屋を封鎖したりする仕事を見守っていた竜之助のところに、

「あのう」

と、善太がやって来た。後ろには、おそでも付いて来ている。

「おう、お海さんは大丈夫かい？」

「ええ、もうすっかり元気です」

「赤ちゃんも？」

「はい。同心さまに教えてもらった牛の乳も買ってきました」

「そうかい」

「じつは、あの赤ちゃんのことなんですが」

「うん。どうしたい？」

「あの母親は、亭主の殺されるのを止めなかったりしているので、かんたんに牢

から出られることはないそうですね？」

「そうだろうな」

しかも、赤ちゃんをかどわかして回る際、下手人に女が混じっていると推測した。その女というのも、おそらくおしのだった。

下手すると、島送りくらいになるかもしれない。そうなったら、とても赤ちゃんを育てることはできない。

「それで、お願いしようと思っているのですが、おしの赤ちゃんをおいらたちに引き取らせてもらえないかと」

「あんたたちが……」

これには竜之助も驚いた。

「ええ。このままだとたぶんお寺に預けることになるというので、それならおいらたちが養子にもらおうと」

「いいのかい？」

言いにくいが、悪党同士の子どもである。

竜之助の心配を察したように、

「子どもって産まれたときは皆、素直で可愛いんだと思うんです。でも、育て方でいろんなふうに変わる気がします」

おそでがそう言うと、

「おっかさんもそう言ってました」

善太が言った。

「だから、あたしたちがうんと可愛がってやれば、あの子だってきっといい子に育つ気がします」

「うん。おいらもそんな気がする」

それは、いま、ひそかな戦いがつづいている柳生全九郎《やぎゅうぜんくろう》のことを思ってもそういう気がするのだ。

「あの子の名前は？」

と、竜之助は訊いた。

「もうついていたんですが、聞かないことにしたんです。あたしたちの赤ちゃんだから、おいらたちがつけようって」

「そうだよ。それでつけたのかい？」

「額のところに星が浮かぶので、星吉《ほしきち》にしました」

「星吉か。うん、いい名前だ」

「あたしたちの希望の星になってくれそうです」

おそでが言った。

たぶんこの者たちの申し出は、受け入れられるはずだった。


八丁堀の役宅にもどると、先に帰っていたやよいといっしょに、おせつもいた。いないあいだ、赤ちゃんと二人で留守番をしていてくれたのである。

「竜之助さま。おせつちゃんがね」

やよいが嬉しそうに言った。

「どうした、おせつちゃん？」

やよいがおせつをうながすようにすると、

「あたし、この子をなんとか育ててみます」

と、おせつが言った。

「大丈夫か？」

竜之助が思わず訊いた。

亀次は江戸所払いになっていて、いっしょには住めないのである。おせつは一人で赤ちゃんを育てていくことになるのだ。

「皆さんが心配する気持ちもわかりますが」

「へえ」

「この子をどうしても育てたいって気持ちになってきたんです。可愛くて、誰にも渡したくないんです」

「育てるのは大変だぞ」

竜之助はそう言ったが、他人から聞いた話で実感はない。

「亀次さんも押上《おしあげ》に住んで、本所で商いをするっていうから、あたしも本所に住めば、毎日立ち寄ることができますし」

押上村は江戸の朱引《しゅび》きから外れるのだ。それでいて、本所とは隣り合わせである。江戸で寝泊まりさえしなければ、所払いの罪は破ったことにならない。

「そりゃあいい」

「じつは、今日、実家のおとっつぁんやおっかさんにこの子の顔を見せて来たんです」

「そうだったのかい」

「いざ孫の顔を見たら、あたしのことも許してくれるみたいで」

「だろうな」

竜之助はうなずいた。こんな可愛い赤ちゃんを見たら、どんなに頑なな気持ちも溶けてしまうのは無理もない。

「あたしは、おせっちゃん、いいおっかさんになると思うよ。ちょっと素《す》っ頓《とん》狂《きょう》なところはあっても、子どもから慕われるおっかさんに」

と、やよいが言った。

「ありがとうございます」

「赤ちゃんの名前は決まったのかい？」

竜之助が訊いた。

「亀吉《かめきち》にしました」

「ちゃんと父親から一字もらったんだな」

「そうしてくれって、あの人が言うからですよ」

小網町の長屋に帰ろうとするおせつに、

「亀吉ちゃんをもう一度抱かせて」

と、やよいが言った。

「はい、どうぞ」

やよいは、ずいぶん慣れた手つきで亀吉を抱き、軽く揺すった。

「ほんと、可愛い」

やよいの目にうっすら涙が浮かんでいるのを、竜之助は見ないふりをした。

竜之助と並んでおせつを見送ったやよいが、

「あ、そうそう。残った仔猫をもらって来なくちゃ」

と、言った。

「ほかは皆、もらい手が決まったのかい？」

「はい。最後、一匹残ったそうです」

おにぎり屋の家まで来て、軒下をのぞき込んだ。

親猫のわきで、小さな生きものがもぞもぞ動いていた。

残っていたのは黒猫だった。

「黒猫は縁起が悪いって、皆、嫌がるんですって」

やよいはそう言って、仔猫を抱き上げた。さっき亀吉を抱いたしぐさに似ていた。

「縁起が悪いだって？　この顔を見てみなよ」

と、竜之助は言った。

「可愛いですね」

「こんな可愛いのに、縁起が悪いもへったくれもあるもんか」

「はい」

「おいらは、猫の毛の色で縁起がどうこうなんて話は信じねえよ。世の中、たしかに運不運はあるんだが、縁起が悪いなんて言い草は、必死で生きようとしねえやつの、自分の努力の足りなさをごまかすための言葉なんだよ」

強い口調で言った。

じつは、そういうことを言いたい気持ちもわかるのである。人間には縁起に頼りたくなるような、弱いところもある。だが、縁起が悪いといってなおざりにされる命があったとしたら、それは断じて認めたくない。

「ほんとですね」

「飼わせてもらおうぜ」

飼ってやろうぜ、ではない。もしかしたら、この猫が竜之助の家に来たのも小さな運命なのかもしれない。運命には謙虚にならなければならない。

「名前つけなくちゃいけませんね」

「そうだな」

名前は大事である。名前をつけることで、その命は特別なものになる。

「牡かい、牝かい？」

「牡です」

竜之助は黒い仔猫を見ながら、

「竜之助さん家《ち》の黒《くろ》之《の》助《すけ》でどうだい？」

と、訊いた。竜之助の弟みたいではないか。

「まあ、可愛い」

「おい、徳川黒之助」

竜之助の呼びかけに、小さな黒い猫が、

「にゃん」

まるで返事するみたいに可愛く鳴いた。

本書は２０１４年３月に小社より刊行
された作品の新装版です。

双葉文庫

か-29-63

新《しん》・若《わか》さま同心《どうしん》　徳川竜之助《とくがわりゅうのすけ》【六】

乳児《にゅうじ》の星《ほし》〈新装版《しんそうばん》〉

2024年9月14日　第1刷発行

【著者】

風野真知雄《かぜのまちお》

【発行者】

箕浦克史

【発行所】

株式会社双葉社

〒162-8540 東京都新宿区東五軒町3番28号

［電話］03-5261-4818(営業部)　03-5261-4831(編集部)

www.futabasha.co.jp(双葉社の書籍・コミックが買えます)

【印刷所】

中央精版印刷株式会社

【製本所】

中央精版印刷株式会社

【フォーマット・デザイン】

日下潤一

ISBN978-4-575-67208-4 C0193

Printed in Japan

稲葉稔
へっぽこ膝栗毛（一）
長編時代小説
〈書き下ろし〉
大店の放蕩息子に、お調子者の太鼓持ち、訳ありの用心棒。うつけ三人が街道を往く！　笑いあり、涙ありの大注目時代シリーズ始動！

井原忠政
三河雑兵心得
足軽仁義
戦国時代小説
〈書き下ろし〉
苦労人、家康の天下統一の陰で、もっと苦労した男たちがいた！　村を飛び出した十七歳の茂兵衛は松平家康に仕えることになるが……。

井原忠政
三河雑兵心得
旗指足軽仁義
戦国時代小説
〈書き下ろし〉
三河を平定し、戦国大名としての地歩を固めた家康。猛将・本多忠勝の麾下で修羅場をくぐる茂兵衛は武士として成長していく。

井原忠政
三河雑兵心得
足軽小頭仁義
戦国時代小説
〈書き下ろし〉
迫りくる武田信玄との戦い。家康生涯最大のピンチ、三方ヶ原の戦いが幕を開ける。怯むな茂兵衛、ここが正念場！　シリーズ第三弾。

井原忠政
三河雑兵心得
弓組寄騎仁義
戦国時代小説
〈書き下ろし〉
大敗から一年、再び武田が攻めてきた。決戦の地は長篠。ついに、最強の敵と雌雄を決する時が迫る。それ行け茂兵衛、武田へ倍返しだ！

井原忠政
三河雑兵心得
砦番仁義
戦国時代小説
〈書き下ろし〉
武田軍の補給路の寸断を命じられた茂兵衛は、森に籠って荷駄隊への襲撃を指揮することに。戦国足軽出世物語、第五弾！

井原忠政
三河雑兵心得
鉄砲大将仁義
戦国時代小説
〈書き下ろし〉
信長の号令一下、甲州征伐が始まった。徳川に寝返った穴山梅雪の妻子を脱出させるため、茂兵衛は武田の本国・甲斐に潜入するが……。

井原忠政

三河雑兵心得

伊賀越仁義

戦国時代小説

〈書き下ろし〉

信長、本能寺に死す！　敵中突破をはかる家康一行の殿軍についた茂兵衛、伊賀路を越えられるのか!?　大人気シリーズ第七弾！

井原忠政

三河雑兵心得

小牧長久手仁義

戦国時代小説

〈書き下ろし〉

秀吉との対決へ気勢を上げる家臣団に頭を悩ませる家康。信長なき世をめぐり事態は風雲急を告げ、茂兵衛たちは新たな戦いに身を投じる！

井原忠政

三河雑兵心得

上田合戦仁義

戦国時代小説

〈書き下ろし〉

沼田領の帰属を巡って、真田昌幸が徳川に反旗を翻した。たかが小勢力と侮った徳川勢は、昌幸の奸計に陥り、壊滅的な敗北を喫し……。

井原忠政

三河雑兵心得

馬廻役仁義

戦国時代小説

〈書き下ろし〉

真田に大敗した戦で戦場に消えた茂兵衛。「茂兵衛、討死」の報に徳川は大いに動揺する。だが、ところがどっこい、茂兵衛は生きていた！

井原忠政

三河雑兵心得

百人組頭仁義

戦国時代小説

〈書き下ろし〉

家康の養女として本多平八郎の娘が、真田昌幸の嫡男に嫁すことに。茂兵衛は「真田嫌い」の平八郎の懐柔を命じられるが……。

井原忠政

三河雑兵心得

小田原仁義

戦国時代小説

〈書き下ろし〉

いよいよ北条征伐が始まった。茂兵衛率いる鉄砲百人組は北条流の築城術に苦しめられながらも、知恵と根性をふり絞って少しずつ前進する。

井原忠政

三河雑兵心得

奥州仁義

戦国時代小説

〈書き下ろし〉

槌音響く江戸から遠く離れ、奥州での乱の平定に出陣することになった茂兵衛。だが、家康からまたまた無理難題を命じられしまう。

井原忠政
三河雑兵心得
豊臣仁義
戦国時代小説〈書き下ろし〉

家康と茂兵衛の元に、小田原の大久保忠世が危篤との報せが入る。今生の別れを告げるため、急ぐ茂兵衛だが、途上、何者かの襲撃を受ける。

風野真知雄
わるじい義剣帖（一）
またですか
長編時代小説〈書き下ろし〉

離れ離れになってしまった愛孫の桃子の身に、危難の気配ありとの報せが。じいじはまだまだ休んでおれぬ！　大人気シリーズ待望の再始動！

風野真知雄
わるじい義剣帖（二）
ふしぎだな
長編時代小説〈書き下ろし〉

愛孫の桃子が流行り風邪にかかってしまった！　さらに、慌てて探して診てもらった医者はなにやら怪しく……。大人気時代シリーズ、第二弾！

風野真知雄
わるじい義剣帖（三）
うらめしや
長編時代小説〈書き下ろし〉

愛坂桃太郎と旧知の女・おぎんが何者かによって殺された。弔いのためにも一刻も早く下手人を探し出し、孫と過ごす平穏な日々を取り戻すのだ！

風野真知雄
若さま同心 徳川竜之助【一】
消えた十手
長編時代小説

徳川家の異端児　同心になって江戸を駆ける！　剣戟あり、人情あり、ユーモアもたっぷりの傑作時代小説シリーズ、装いも新たに登場!!

風野真知雄
若さま同心 徳川竜之助【二】
風鳴の剣
長編時代小説

憧れの同心見習いとなって充実した日々を送る竜之助の身に、肥後新陰流を操る凄腕の刺客たちの影が迫りくる！　傑作シリーズ第二弾！

風野真知雄
若さま同心 徳川竜之助【三】
空飛ぶ岩
長編時代小説

徳川竜之助を打ち破り新陰流の正統を証明せんと、稀代の天才と称される刺客が柳生の里からやってきた。傑作シリーズ新装版、第三弾！

風野真知雄
若さま同心 徳川竜之助【四】
陽炎の刃
長編時代小説
珍事件解決に奔走する竜之介に迫る、姿の見えぬ刺客。葵新陰流の刃は捉えることができるのか⁉ 傑作シリーズ新装版、待望の第四弾！

風野真知雄
若さま同心 徳川竜之助【五】
秘剣封印
長編時代小説
因縁の敵、柳生全九郎とふたたび対峙し、徳川竜之助の葵新陰流の剣が更なる進化を遂げる！傑作シリーズ新装版、第五弾！

風野真知雄
若さま同心 徳川竜之助【六】
飛燕《つばくろ》十手
長編時代小説
江戸の町を騒がせる健脚の火付け盗人の噂。徳川竜之助は事件の不可解な点に気づき、調べを始めるが……。傑作シリーズ新装版、第六弾！

風野真知雄
若さま同心 徳川竜之助【七】
卑怯三刀流
長編時代小説
徳川竜之助に迫る三刀を差す北辰一刀流の遣い手。さらに時を同じくして奇妙な辻斬りが出没し……。傑作時代小説シリーズ新装版、第七弾！

風野真知雄
若さま同心 徳川竜之助【八】
幽霊剣士
長編時代小説
葵新陰流を打ち破るべく現れた、幽鬼の如き剣士。不可視の剣の謎を解き新たな刺客を打ち破れ！ 傑作時代小説シリーズ新装版、第八弾！

風野真知雄
若さま同心 徳川竜之助【九】
弥勒の手
長編時代小説
葵新陰流の継承者と、柳生新陰流が生んだ異端児。宿命の2人に遂に決着の時が訪れる！ 傑作時代小説シリーズ新装版、驚愕の第九弾！

風野真知雄
若さま同心 徳川竜之助【十】
風神雷神
長編時代小説
死闘の果てに、深手を負ってしまった徳川竜之助。しかし、江戸の町では奇妙な事件が絶えず……。傑作時代小説シリーズ新装版、第十弾！

風野真知雄

片手斬り

若さま同心 徳川竜之助【十一】

長編時代小説

宿敵柳生全九郎の死を知った徳川竜之助は、彼が最後に探ろうとした謎について調べをはじめる。傑作時代小説シリーズ新装版、第十一弾！

風野真知雄

双竜伝説

若さま同心 徳川竜之助【十二】

長編時代小説

師である柳生清四郎との立ち合いを終えた徳川竜之助の前に新たな刺客が現れる！ 傑作時代小説シリーズ新装版、物語も佳境の第十二弾！

風野真知雄

最後の剣

若さま同心 徳川竜之助【十三】

長編時代小説

雷鳴の剣の遣い手徳川宗秋と相対する竜之助。徳川の名を冠するもの同士の決闘の結末は⁉ 傑作時代小説シリーズ新装版、感動の最終巻！

風野真知雄

象印の夜

新・若さま同心 徳川竜之助【一】

長編時代小説

南町奉行所がフグの毒で壊滅状態の最中、象に踏まれたかのように潰れた亡骸が見つかった。傑作時代シリーズ続編、新装版で堂々登場！

風野真知雄

化物の村

新・若さま同心 徳川竜之助【二】

長編時代小説

浅草につくられたお化け屋敷で、お岩さんが殺された⁉ 奇妙な事件を前に此度も竜之助が奮闘！ 傑作時代小説シリーズ新装版第二弾！

風野真知雄

薄毛の秋

新・若さま同心 徳川竜之助【三】

長編時代小説

南町奉行所の徳川竜之助のもとに持ち込まれた三つの珍事件、そこに隠された真相とは？ 傑作時代シリーズ新装版、波瀾万丈の第三弾！

風野真知雄

南蛮の罠

新・若さま同心 徳川竜之助【四】

長編時代小説

妖術のごとき手口で盗みをはたらく噂の盗人・南蛮小僧を、竜之助は捕らえることが出来るのか？ 傑作時代小説シリーズ新装版、第四弾！

風野真知雄　新・若さま同心 徳川竜之助【五】
薄闇の唄
長編時代小説

不思議な唄を残し、町人が忽然と姿を消した。事件の裏に潜む謎に、徳川竜之助が挑む！　大人気時代小説シリーズ新装版、第五弾！

芝村凉也　北の御番所 反骨日録【一】
春の雪
長編時代小説〈書き下ろし〉

男やもめの屁理屈屋、道理に合わなければ上役にも臆せず物申す用部屋手附同心・裄沢広二郎の奮闘を描く、期待の新シリーズ第一弾。

芝村凉也　北の御番所 反骨日録【二】
雷鳴
長編時代小説〈書き下ろし〉

深川で菓子屋の主が旗本家の用人に無礼討ちにされた。この一件の始末に納得のいかない同心の裄沢は独自に探索を開始する。

芝村凉也　北の御番所 反骨日録【三】
蟬時雨
長編時代小説〈書き下ろし〉

療養を余儀なくされた来合に代わって定町廻りのお役に就いた裄沢広二郎の前に現れた人足姿の男。人目を忍ぶその男は、敵か、味方か!?

芝村凉也　北の御番所 反骨日録【四】
狐祝言《きつねしゅうげん》
長編時代小説〈書き下ろし〉

盟友の来合轟次郎と美也の祝言を目前に控え、段取りを進める裄沢広二郎。だが、その二人の門出を邪魔しようとする人物が現れ……。

芝村凉也　北の御番所 反骨日録【五】
かどわかし
長編時代小説〈書き下ろし〉

用部屋手附同心、裄沢広二郎を取り込もうと近づいてきた日本橋の大店、鷲巣屋の主。それを撥ねつけた裄沢に鷲巣屋の魔手が伸びる。

芝村凉也　北の御番所 反骨日録【六】
冬の縁談
長編時代小説〈書き下ろし〉

裄沢広二郎の隣家の娘に持ち込まれた縁談の相手は、過去に二度も離縁をしている同心だった。裄沢はその同心の素姓を探り始めるが……。